C O N T E N T S

FUSION FANTASTIC STORY

자미소 장편소설

GRAND SLAM

그랜드슬램

그랜드슬램 5

자미소 장편소설

초판 1쇄 찍은 날 § 2017년 1월 20일
초판 1쇄 펴낸 날 § 2017년 1월 27일

지은이 § 자미소
펴낸이 § 서경석

편집책임 § 이창진

펴낸곳 § 도서출판 청어람
등록번호 § 제387-1999-000006호
등록일자 § 1999. 5. 31
어람번호 § 제1-2615호

주소 § 경기도 부천시 부일로 483번길 40 서경B/D 3F (우) 14640
전화 § 032-656-4452 팩스 § 032-656-4453
http://www.chungeoram.com
E-mail § chungeorambook@daum.net

ISBN 979-11-04-91177-4 04810
ISBN 979-11-04-91038-8 (세트)

Chapter 35

After AG(Asian Game)

"안녕하십니까, KBS 스포츠 뉴스 김성재입니다."

"나온다, 나온다."

영석 일가는 밥을 먹다 말고 티비에 집중했다.

영석은 애써 밥을 먹는 시늉을 했지만, 힐끔힐끔 티비로 돌아가는 시선을 멈출 수는 없었다.

"첫 소식입니다. 부산 아시안게임 테니스 종목에서 3관왕에 오른 십 대 소년 소녀가 있어 화제입니다. 한국 테니스의 희망, 이영석, 김진희 선수를 화면으로 만나보시죠."

"오오……."

모친 한민지가 괜한 리액션으로 긴장감을 불어넣었다.

이미 아시안게임 일정이 모두 끝나고 선수들은 뒤풀이까지다 마쳤건만, 그녀는 끝끝내 영석과 뉴스를 같이 보겠다고 녹화까지 했다. 심지어 '금메달, 영광의 순간'과 같은 하이라이트 영상이나 영석과 진희의 모든 경기 또한 녹화는 물론이고 복사본까지 만들어서 정리해 두는 극성을 보였다.

굳이 많은 영상 중 뉴스를 보는 건 현장에 나가 있는 기자의 멘트가 좋다는 이유였다.

뉴스에 나오는 건 이게 처음도 아닌데, 소녀처럼 눈망울을 반짝이는 모습에 영석이 쓴웃음을 지었다.

화면은 현장으로 변했고, 기자 한 명이 마이크를 들고 대기하고 있었다.

─여기는 부산입니다. 오늘 단식 결승을 끝으로 부산 아시안게임 테니스 종목의 일정은 모두 끝났습니다.

경기 영상은 녹화 화면을 재생하는지 바로 편집된 경기 장면으로 화면이 넘어갔다.

남녀 단체전이 진행되고 있는 코트인데, 먼저 여자 대표팀부터였다.

─먼저 단체전에서 이 두 선수는 모두 혁혁한 활약을 하며 대표팀을 우승으로 이끌었습니다. 남자 대표팀은 1986년 이후로 오랜만에 단체전에서 금메달을 획득했습니다. 여자 대표팀은 무려 20년 만에 단체전에서 금메달을 획득하며, 한국 테니스계의 비상(飛上)을 알렸습니다.

먼저 여자 대표팀 단체전을 보시겠습니다. 단식 1주자로 나선 김진희 양은 현재 약관이 채 되지 않은 십 대 소녀입니다.

하지만 그녀는 세계 랭킹 30위로 국내에서 세계 랭킹이 가장 높은 선수입니다.

통통 튀는 외모만큼이나 테니스 스타일도 참 특출 난 진희다.

늘 영상을 체크하는 영석에게 화면 속의 진희는 평소와 같았지만, 부모님은 아니었나 보다.

"진희 잘하네……."

"장난 아닌데?"

진희는 상대가 불쌍할 정도로 압도적인 점수 차이를 보이며 결승에서 1승을 먼저 획득했다.

그리고 금메달을 획득한 후 기쁨에 겨워 얼싸안는 여자 대표팀 선수들의 모습이 화면을 수놓았다. 꽃다발이 만개하듯 화면이 아름다움으로 가득 찬 것처럼 느껴졌다.

―다음으로는 이영석 선수입니다.

"오!! 아들 나온다!"

"신기하네……."

단숨에 화면이 칙칙한 남정네들로 가득 찼다.

하지만 부모님의 리액션은 더욱 커졌다.

―이영석 선수는 작년, 2001년 호주 오픈에서 세계 랭킹 4위의 마라트 사핀 선수를 1라운드에서 물리치며 모두를 충격에 빠뜨렸던 선수입니다. 부상으로 잠시 휴식기를 가졌던 이영석 선수는 부산 아시안게임 대표팀에 선발이 되고 3관왕을 함으로써 다시금 한국 테니스의 희망으로 자리 잡았습니다.

'뭔 놈의 멘트가 이렇게 구구절절 말이 많아……. 쟤넨 분량

제한도 없나?'

영석은 속으로 구시렁거렸지만, 방송사 입장에서도 충분히 가치가 있기 때문에 꽤 긴 시간을 할애하게 된 것이다.

—남자 단체전에서 국내 랭킹 3위의 고승진 선수가 단식 1주자로 나섰지만 패배했고, 국내 랭킹 1위의 이형택 선수가 단식 2주자로 나서서 승리를 가져왔습니다. 이영석 선수는 동갑인 이재림 선수와 복식조를 짜고 출전했습니다. 그리고 빼어난 활약을 펼치며 대한민국에 금메달을 안겨줬습니다.

화면에선 영석이 활약을 하는 포인트 한 개와, 매치포인트 때의 서브 장면이 흘렀다.

'재림이가 보면 속상해하겠네……'

—이영석, 김진희 이 두 선수는 며칠 후, 혼합복식에서도 금메달을 따며 각자 2관왕에 올랐습니다. 혼합복식에서의 금메달은 1986년에 서울 아시안게임에서의 이정순—유진선 페어 이후로 16년 만입니다.

일본 선수들과의 혼합복식 장면은 매치포인트 한 장면만 나왔다.

화면만 봐서는 진희의 독주에 가까웠지만, 영석은 만족한 웃음을 지었다.

'예쁘다, 우리 진희.'

"어머……"

그리고 낯부끄러운 장면, 영석이 진희를 번쩍 들어 올리는 장면이 나왔다.

—마지막으로 단식 결승전에서 김진희 선수는 일본의 '다테 키미코' 선수를, 이영석 선수는 '파라돈 스리차판' 선수를 꺾으며 모두 금메달을 획득했습니다. 이영석 선수는 1998년 윤용일 선수의 금메달 계보를 이어받았고, 김진희 선수는 1978년 이덕희 선수 이후로 맥이 끊긴 금메달을 다시 대한민국의 품에 안겼습니다. 상대로 나섰던 선수들은 세계 톱 플레이어로 이름이 알려진 선수이니만큼, 한국 테니스의 희망을 엿볼 수 있는 결승전이었습니다.

화면에선 영석이 미처 보지 못한 여자 단식 결승 후반부 장면이 짧게 재생됐다.

2세트부터 플레이 스타일을 바꿨던 진희의 모습이 영석에게 신선하게 다가왔다.

극도로 단련되어 자잘하게 쪼개진 근육들이 여기저기서 불끈거리며 공에 힘을 싣는다.

날렵한 몸은 한 톨의 낭비 없이 힘을 그대로 활용하게끔 했다.

점차 타점과 타이밍을 빼앗기던 다테는 기어코 매치포인트까지 몰렸고, 그대로 진희가 우승하는 걸 허망하게 바라볼 수밖에 없었다.

'혼자 해외 돌면서 정말 많이 성장했구나.'

그 당찬 모습이 상상되어 영석은 괜히 코끝이 시큰거렸다.

화면은 마지막 시합, 남자 단식 결승을 보여주고 있었다.

진희와 다테가 펼친 결승전만큼의 치열함과 긴장감은 보이지 않았다.

그만큼 영석에게 여유가 느껴지는 걸 화면을 통해서도 명백하게 확인할 수 없었다.

그리고 매치포인트.

너무나 미끈해서 오히려 섬뜩하기까지 한 영석의 드롭샷이 아름다운 곡선을 그리며 코트를 수놓았다.

한 박자 늦은 스리차판의 대응, 한 박자 늦은 관중의 환호성…… 이 모든 것들이 영석의 샷을 더욱 돋보이게 했다.

"저건 진짜… 예술이지. 캠코더로 찍길 잘했지 뭐니. 한 100번은 봤다."

"음……."

부모님이 모두 심각한 표정으로 화면을 멍하니 바라봤다.

본인들도 테니스를 제법 '잘 치는 축'에 들었기 때문에, 영석의 샷이 갖는 의미를 아는 것이다.

화면은 인터뷰 장면으로 넘어갔다.

─국민들의 응원이 많은 힘이 됐고, 대표팀 선배님들의 격려로 생각했던 대로의 플레이를 하게 된 것 같습니다.

"풉!"

"…큭."

인터뷰를 하는 영석은 딱딱하게 굳었거나, 긴장된 표정이 아니었다.

오히려 은은한 미소를 띠우며 어른스럽게 잘 대처한 편이다.

하지만 자식의 대견한(?) 모습이 부모에겐 조금 웃겼는지, 이현우와 한민지는 키득거렸다.

─감사합니다, 감사합니다. 네? 아… 가연 언니가 많이 도와 줬어요. 앞으로요? 음… 예전처럼 영석이랑 같이 투어 다니려 고요.

반면 진희는 천진하게 인터뷰를 했다.

그 모습에 영석과 부모님은 모두 흐뭇한 미소를 지었다.

*   *   *

"네, 박 기자님."

─아, 영석 선수. 그 왜… 저번에 인터뷰했던 거 있잖아? 오 늘 잡지 발매하는데, 가서 한번 봐봐. 아니다, 내가 가서 줄까?

영석은 부산스러웠던 〈테니스코리아 매거진〉 촬영을 떠올 렸다.

절로 입가에 쓴웃음이 맴돌았다.

"안 그래도 어머니가 사다 놓으셨어요. 읽어볼게요."

─기대하라고. 내 필생의 필력이 담겨 있어.

"네~!"

전화를 끊은 영석이 잡지를 눈앞으로 들어 올렸다.

유광으로 코팅된 표지가 형광등 빛에 뭉툭하게 반사된다.

표지는 대한민국 대표팀 선수단이 길게 늘어서서 모두 금메 달을 손에 들고 있는 사진이 쓰였다. 단체전까지 우승했으니, 모두 금색으로 번쩍거렸다.

"……"

무려 16p 분량이 이번 부산 아시안게임 소식으로 가득했다.

지상파 뉴스에서 언급되지 않았던 다른 선수들 모두의 활약까지 세세하게 묘사됐다.

박정훈의 장담대로 기사는 맛깔나게 쓰였다.

한참을 몰입해 읽던 영석은 어느새 마지막 문단에 다다른 시선을 느끼고, 입을 떼서 중얼거렸다. 마지막으로 갈수록 영석과 진희 사진으로 도배가 되어 있었는데, 그게 제법 낯부끄러웠기 때문이다.

"…특히 이영석 선수가 매치포인트에서 보여준 드롭샷은 대단했다. 하지만 그 드롭샷 하나로 이영석 선수의 능력을 판단하는 우를 범해선 안 된다. 진정 그 샷이 대단한 이유는 따로 있다… 시합 도중 자신이 썼던 샷 하나하나를 기억하며 스리차판에게 교란을 심어주고, 매치포인트에서 한 번도 시도하지 않았던 형태의 드롭샷을 구사한 담대함과 여유가 바로 이영석 선수의 대단함이다… 나이에 어울리지 않게……."

영석은 휘황찬란한 묘사 문구의 첫 글자가 눈에 들어오자 냉큼 잡지를 덮었다.

그러곤 핸드폰을 들어 박정훈에게 문자를 남겼다.

타, 다닥, 다다닥. 다닥.

"너무… 금… 칠… 해주셨… 네요."

방에서 나오자 평소엔 잘 볼 수 없는, 꽃단장을 한 진희가 거실에 철푸덕 앉아 영석을 반겼다.

"오~! 예쁘게 입었는데? 준비 다 된 거야?"

"…그래."

"으잇차! 그럼 가자!"

진희가 영석의 손을 이끌고 밖으로 나섰다.

* * *

"어떻습니까, 요즘 인기가 하늘을 찌르죠?"

오랜만에 본 것 같지만, 얼마 전에도 만났던 김용서가 싱글 벙글 웃는 낯으로 마주 앉은 영석과 진희를 바라본다.

'꿀이 뚝뚝 떨어지네……'

늘 김용서와 만나게 되는 여의도의 한 카페.

영석과 진희는 김용서, 강춘수, 강혜수와 함께 탁자에 앉아 커피를 마시며 담소를 나누었다.

원래도 영석과 진희를 보물처럼 아끼던 김용서는 지금은 제 자식처럼 영석과 진희를 사랑스럽게 쳐다봤다.

"인기는요… 저랑 진희랑 지하철 타고 오는데 한 명도 못 알 아보던데요?"

영석이 조금은 짓궂게 말했다.

부상을 완전히 털어내고, 세계 톱 플레이어를 완파하며 얻은 여유가 자신도 모르게 묻어난 것이다.

김용서는 무슨 말을 들어도 행복하다는 듯 하회탈같이 미소 를 지으며 연신 고개를 끄덕였다.

그 모습을 본 영석이 내심 쓰게 웃으며 본격적인 대화를 시작했다.

"실업팀이요?"

늘 침착한 영석이 저도 모르게 목소리를 높였다.

"네. 이 기회에 밀어붙이려 합니다."

김용서는 굳은 의지가 보이는 얼굴로 답했다.

영석이 들은 말은 이렇다.

영석과 진희, 그리고 이재림을 주축으로 한 실업팀을 한신은행에서 발족하려 한다는 것.

시청 같은 경우엔 세 명 내외로 한 팀이 구성되는 경우도 있기에 김용서의 말은 아주 비현실적인 것만은 아니었다.

"그게 가능하시겠어요?"

하나의 실업팀이 생기기 위해 얼마나 많은 것들이 필요한지 아는 영석은 조심스럽게 걱정스러운 기색을 내비쳤다.

하지만 김용서는 확고부동(確固不動)한 결심을 한 모양이었다.

"영석 선수와 진희 선수는 이미 저희와 계약되어 있고, 이재림 선수에게도 의사를 타진해 봤는데 긍정적인 피드백을 받았습니다. 돈과 자격, 그리고 선수가 있는데 안 될 게 뭐가 있겠습니까? 아시안게임을 거치면서 분위기도 무르익었습니다. 다만……."

"다만……?"

김용서가 조심스럽게 말을 했다.

"테니스라는 종목은 큰 대중성을 갖지 못하고 있습니다. 영석 선수와 진희 선수의 3관왕 소식으로 들썩이는 지금이 아마 건국 이래 테니스에 보이는 가장 큰 관심이 아닐까 싶을 정도로요. 제가 당부드릴 건 단 하나입니다. 앞으로도 '테니스'라는 종목의 대표 명사가 되어주십시오."

"물론이죠."

한 사람의 테니스 팬으로서, 그리고 영석과 진희을 후원하는 기업의 대표자로서도 김용서의 바람은 단 하나다.

'대한민국 선수가 최고에 오르는 것.'

영석은 씨익 웃었다.

진희도 도전적으로 눈빛을 섬광처럼 빛냈다.

김용서는 마주 웃으며 용건을 더 말했다.

"두 분을 주인공으로 한 광고는 아시안게임 테니스 종목 일정이 끝나자마자 송출되고 있습니다."

영석은 깊게 생각하지 않고 답했다.

진희도 고개를 끄덕였다.

"앞으로도 굳이 저희 허락을 받으실 필요는 없어요. 광고주에겐 광고주만의 타이밍이란 게 있을 테니까요."

'한신은행의 호의 덕분에 불편함 없이 투어를 다닐 수 있었어. 나는 호주 오픈에 그쳤지만, 진희는 더더욱 많은 지원을 받았지. 김용서 대표는… 믿을 만한 사람이야.'

너무나 흔쾌한 승낙에 김용서가 미소를 지었다.

사회적 지위와, 나이가 선수들보다 한참이나 높고 많았지만 그는 늘 선수들을 존중해 주었다.

영석과 진희가 그에 보답하려고 결심한 것도 인간 된 도리로서 당연한 일처럼 비춰졌다.

*   *   *

집에 도착한 영석과 진희는 한신은행의 광고를 함께 보기 시작했다.

BGM은 느리면서 장엄한 분위기의 오케스트라 곡이었다.

강춘수와 강혜수가 녹화한 영석과 진희의 경기 장면이 스틸 컷으로 짤막하게 편집되어 흐른다.

시작은 2001년 호주 시드니에서 열린 Adidas International.

우승컵을 들어 올리는 영석과 진희의 미소가 잔잔하면서도 눈부시게 빛난다.

희고 고운, 어린 선수들의 자부심 넘치는 미소가 보는 이로 하여금 설렘을 자극한다.

─당신의 새 출발… 그것은 희망을 의미합니다.

다정다감한 남자 성우의 목소리가 BGM과 잘 어울리게끔 적절한 타이밍에 흘러나온다.

바로 다음에 흐르는 영상은 2001년 호주 오픈.

승리를 결정짓고 괴로운 표정으로 주저앉은 영석과 3회전에서 패배한 후 하늘과 땅을 번갈아 바라보며 한숨을 길게 내뱉는 진희의 모습이 흐른다.

—때로는 무너질 수도, 좌절할 수도 있습니다. 하지만…….

"와아아아아!!!"

환호성과 함께 화면은 급작스럽게 영상으로 전환된다.

혼합복식에서 영석이 진희를 안아 올린 영상, 진희가 다테를 격침시키고 포효하는 영상, 그리고 스리차판과의 결승전에서 승리를 확정한 영석이 두 팔을 번쩍 들어 올리는 영상이 차례로 흘렀다. 마지막으로 시상대에서 금메달을 목에 건 영석과 진희의 사진이 화면에 나타났다.

—다시 일어날 수 있다는 믿음이 있기에, 우리는 희망을 되찾습니다.

—당신의 희망을 응원합니다. 한신은행.

상투적일 수도 있는 영상을 본 영석은 격하게 울리는 진동을 느끼며 핸드폰을 집어 들었다.

"여보세요?"

—아, 영석 선수. 광고는 잘 봤나요?

칭찬받기를 원하는 아이의 순수함이 느껴지자, 영석이 피식 웃으며 답했다.

"훌륭합니다."

—감사합니다. 아, 이번에는 외부에서 제의가 들어온 CF들이 있어서 두 선수께 연락을 드립니다. 자세한 얘기는 강 선생이 설명드릴 겁니다.

'광고 러시군…….'

영석이 쓰게 웃었다.

"그래서… 이번엔 어떤 광고인가요?"

김용서 대표와의 만남 이후 바로 다음 날.

영석은 진희와 함께 강춘수와 강혜수를 만났다.

비서 같은 분위기를 풍기는 강춘수가 안경을 고쳐 쓰며 브리핑을 시작했다.

"먼저 두 분이 계약한 나이키에서 들어온 광고 제의에 대해 설명드리겠습니다. 자세한 설명에 앞서 영석 선수에게 제의가 들어온 이 광고는 '축구화'가 소재인 점을 알려 드립니다."

"으잉?"

"축구화요?"

진희가 괴상한(?) 목소리를 내고, 영석도 선뜻 이해가 되지 않는다는 표정으로 물었다.

*　　　　　*　　　　　*

한적한 교외.

이름 모를 나무들이 바람에 흔들리며 환영 인사를 한다.

나무들 사이사이로 투박하지만 고급스러운 목조 건물이 고개를 빼꼼 내민다.

펑!!

펑!!

소리가 멀리서 잡히기 시작한다.

서브를 꽂는 소리.

두어 번 타구음이 들렸을까… 화면에 영석의 얼굴이 잡힌다.

흰색 나이키 상하의를 입은, 건장하고 잘생긴 청년이 아주 조금의 어색함을 얼굴에 보이며 묵묵히 서브 연습을 한다. 코트는 사치스럽게도 천연 잔디였다.

"흡!"

펑!!

스윽, 끼익—

화면이 다시 바뀌며 육중한 차체를 자랑하는 랜드로버가 부드럽게 주차를 한다.

달칵.

저벅, 저벅.

문을 열고 내린 남자가 라켓 두 자루가 꽂힌 테니스 백팩을 메고 코트로 들어서는 뒷모습이 잡혔다.

"아, 형 왔어요?"

코트에 들어선 남자를 향해 영석이 눈부신 미소를 지으며 다가온다.

"오랜만이다, 야."

뒷모습만 잡히던 남자의 정면이 드디어 화면에 잡힌다.

조각칼로 세심하게 다듬은 듯, 또렷한 이목구비가 강하게 뇌리를 파고든다. 여유가 가득한 눈빛과 목소리에서 톱 플레이어의 자부심이 엿보이는 선수, 안정환이다.

두 선수는 악수를 하며 짧은 인사를 나눴다.

"오, 축구화 바꿨어요? 예쁜데요?"

안정된 연기와 국어책 읽기의 경계선을 아슬아슬하게 지키는 영석의 대사가 흐른 후, 화면이 안정환 선수의 신발을 잡았다. 알록달록한 색깔의, 날렵해 보이는 축구화였다.

"한 게임 할까?"

영석에 비해 안정된 연기를 선보인 안정환이 씨익 웃으며 영석을 도발했고, 화면은 두 선수가 네트를 사이에 두고 선 장면으로 바뀌었다. 강렬한 일렉 기타 선율이 흐르기 시작하고, 분위기는 역동적으로 바뀌었다.

"갑니다."

서비스라인에 선 두 선수는 가볍게 미니 게임을 시작했다.

영석은 설렁설렁 뛰며 가볍게 공을 넘겨줬고, 안정환은 화려한 발재간과 온몸을 이용한 리프팅으로 테니스공을 받아 감탄을 자아내게 했다.

그렇게 공을 가지고 노는 모습을 보여준 후, 화면은 영석이 서브를 준비하고 있는 모습을 비췄다.

"후우……."

베이스라인에 선 영석은 시합 때의 느낌을 떠올리는지, 굉장히 진지하게 집중하고 있는 표정이었다. 모든 것엔 제자리가 있듯, 영석에겐 베이스라인에서 서브를 준비하는 지금이 가장 자연스러웠다.

후욱.

공이 높게 토스되고, 영석의 거대한 몸이 깃털처럼 사뿐하게 움직이기 시작했다.

휘리리릭—

쾅!!

카메라로도 쫓기 힘든 속도의 서브가 작렬했고, 리턴을 준비하던 안정환이 그 공을 가슴 트래핑으로 받고는 발등으로 정확하게 차 영석에게 리턴했다.

그리고 화면이 느리게 재생되면서 안정환의 역동적인 몸놀림이 세밀하게 표현됐다.

쿵.

발을 크게 디딘 후 그 반발력으로 사이드 스텝을 밟는 거며, 잔발 스텝을 밟는 와중에 살짝 흩날리는 잔디까지… 환상적인 장면이었다.

휙.

툭.

어느새 넘어온 공을 안정환이 다시 가슴으로 받아 높게 차올렸다. 일종의 로브인 셈이다.

영석은 그 공을 가볍게 따라가서 가랑이 샷(?)으로 여유 있게 처리했다.

붕— 날아간 공을 기다리고 있는 건, 안정환 선수의 몸을 던진 발리슛이었다.

"윽!"

영석이 짐짓 얼굴을 찌푸리며 열심히 따라가 몸까지 던졌지만 공은 속절없이 지나가 버리고 말았다.

"아싸~~~!!"

안정환은 코트에 누운 상태로 환호성을 질렀다.

영석은 그 모습을 심기 불편하게 봤다.

화면이 한번 깜빡이더니 다시 네트를 사이에 둔 두 선수의 모습을 잡았다.

휘파람을 부는 안정환의 모습과, 안정환이 신은 축구화를 신은 상태로 심술 맞은 표정을 짓고 있는 영석의 모습이다. 확실히 아직 어려서 그런지 귀여운 표정이 더욱 잘 어울렸다.

펑!

안정환이 가볍게 리프팅을 하더니 축구공을 넘겨줬다.

툭!

그 공을 무려 어깨로 받은 영석이 한 번 공을 튕기더니 고개를 푹 숙이고 등으로도 리프팅을 했다.

"오오~!! 으하하."

안정환의 놀란 목소리와 웃음소리가 들렸다.

그러거나 말거나, 둥실거리며 앞으로 붕 떠 날아가는 공을 가볍게 쫓은 영석은 안정환이 보여줬던 발리슛을 그대로 보여줬다.

"억!"

안정환이 신음을 냄과 동시에 축구공을 주으러 가면서 피식 피식 웃었다.

픽—

화면이 암전되고 두 선수가 신었던 축구화가 화면에 뜨더니 곧 나이키의 로고가 선명하게 나타났다.

"어어~? 안 내봐?"

안정환의 다소 경박한 목소리와 함께 축구화를 갖고 실랑이를 하는 두 선수의 모습이 정감 있게 비춰지며 CF가 끝났다.

"와, 멋있다."

광고가 끝나자 진희가 손을 번쩍 들더니 외쳤다.

명백하게 포커스가 '축구화'에 잡혔지만, 영석을 꿔다 놓은 보릿자루로 만드는 광고가 아니었다. 균형을 잘 잡으면서도 사람들의 흥미를 끌 만한 좋은 광고였다.

"그런데 안정환 선수가 진짜 네 서브를 가슴으로 받은 거야? 무지 아플 텐데……."

진희가 묻자, 광고 내내 자신의 눈을 가리던 영석이 손을 내리고 답해줬다. 어색한지 얼굴이 붉게 상기되어 있었다.

"설마……. 네트를 경계로 내 쪽과 정환이 형 쪽을 나눠서 촬영한 거야."

"헤……."

"아, 몰라. 얼른 네 광고도 보자."

영석이 다급하게 마우스를 놀리자 곧 진희의 광고도 나왔다.

띵, 띠링.

가벼우면서도 산뜻한 배경음이 깔리면서 진희의 단독 샷이

나왔다.

시합을 하고 있는 장면이다.

펑!!

서브가 시작되면서 광고는 시작했다.

"당신은 테니스 선수이지만……."

진희의 내레이션이 들어가고 화면이 가로로 2분할되었다.

위에는 진희의 상체가 클로즈업됐고, 아래는 종아리와 발이 클로즈업됐다.

펑!!

"우와아아아!!"

쩌렁쩌렁한 환호성을 배경음악 삼아 진희가 깡충깡충 뛰며 환호하는 모습이 선명하게 잡혔다.

연기임에도 연기 같지 않은, 영석과 다르게 지극히 자연스러운 모습이었다.

물론, 아래 화면은 테니스화였다.

"탐험가이고."

화면이 전환되며 실내 암벽 등반을 하는 모습이 나왔다. 가벼워 보이면서 발을 견고하게 감싸는 신발이 인상적이었다.

그리고 진지한 얼굴로 땀방울을 쏟아내는 진희의 자태가 굉장히 섹시하게 비춰졌다.

소녀다움과 성인의 갈래에 서 있는 묘한 매력이 듬뿍 담겨 있었다.

"여자친구입니다."

상큼한 얼굴로 멀뚱히 서 있는 남자를 향해 손을 흔들며 뛰어가는 모습이 상큼했다. 하얀 신발이 설레는 기분을 잘 나타냈다.

흐릿한 형체이지만 그 남자가 영석이라는 건 누가 봐도 알 수 있었다.

"이 모든 당신들을 위한 단 하나의 선택."

둘로 분할되었던 화면이 하나로 합쳐졌다.

"나이키."

"저번에 저게 이런 식으로 나오는구나……."

진희의 요청에 촬영장에 끌려가서 멀뚱히 서 있다가 정말 딱 5분 만에 촬영이 끝난 경험을 떠올린 영석이 중얼거렸다.

"와, 이거 되게 부끄러운 거구나."

진희가 부끄럽다는 식으로 말했지만, 표정은 신나 보였다.

테니스와 관련된 것 외의 일로 화면에 나온 자신의 모습을 보는 게 신기한 모양이다.

영석은 푸근한 미소를 띠며 진희의 머리를 쓰다듬어 줬다.

*   *   *

영석은 2001년 호주 오픈에서 부상을 당해 시즌 아웃을 선언했고, 2002년은 철저하게 아시안게임을 준비했었다. 라켓을 손에서 놓은 시기만큼 다시 컨디션을 끌어 올리는 과정도 중요했고, 급격하게 자란 신체와 기량을 컨트롤하는 작업도 생각보다 오래 걸렸다.

부상은 한순간이었지만, 떨치고 일어나는 데는 상당히 오랜 시간이 걸린 셈이다.

그래도 초조함은 없었다. 아직 십 대인 데다 한국에서 태어난 남자 선수라는 점은 다른 어떤 대회보다도 아시안게임에 집중하게끔 만들었다.

그리고 단체전 우승, 혼합복식 우승, '그' 스리차판을 이기고 단식까지 우승을 차지하며, 명실상부한 대한민국 최고의 에이스가 되었다.

2001년이 영석에게 악몽처럼 다가왔다면, 2002년은 그야말로 비상(飛上)할 수 있는 토대가 되었다. 무엇보다 '군대를 안 가도 된다는 것'이 영석에게 크나큰 혜택으로 돌아왔다. 자잘한 상금 같은 건 영석에겐 별로 가치가 없었다.

그렇게 10월에 끝난 아시안게임의 후폭풍을 제대로 만끽하며 영석과 진희는 바쁜 나날을 보냈다.

김용서 대표의 야심과 맞물리는 '한신은행 프로젝트'는 여러 구상안이 나오며 긍정적인 반응을 이끌어냈다.

아시안게임이 끝나고 송출된 CF의 효과가 나쁘지 않았다는 판단과 함께, '국내 이미지'를 위한 은행 특유의 마케팅이 시작된 것이다.

하지만 이와 같은 분위기와 다르게 실업팀은 아직 구색을 갖추지는 못했다.

영석과 진희의 투어를 지원하는 것엔 아무런 무리가 없지만, 국제 무대와 국내를 대상으로 하는 은행 사이에서의 접점이 크지 않다는 것이 그 이유였다.

그러나 김용서의 야심은 컸다.

유능함을 인정받아 대표로서 제법 오랜 시간을 버텨온 그는, 그의 커리어를 건 도박을 행한 것이다.

국제 금융계에 한신은행이 뛰어들어야 한다며 여러 프로젝트를 제안하기에 이른 것.

그가 제안한 〈국내 은행의 해외 진출 결정 요인 분석〉에는 국내 은행이 국제 무대에 뛰어들어야 하는 당위성과 기대 효과 등이 상세히 적혀 있었다.

그리고 그 전략 중 하나로 테니스라는 종목에 대한 후원을 제시했다.

축구에 이어 세계에서 두 번째로 영향력이 강한 테니스라는 종목은 대한민국의 생각과 달리 선수 개개인의 홍보 효과가 엄청났다.

특히, 선진화된 국가일수록 그런 경향이 강했는데, 이는 김용서의 프로젝트와 상당 부분 부합하게 되어서, 긍정적인 방향으로 전개될 가능성이 높다.

금융기관이 해외에 진출해서 득을 볼 수 있는 방법 중 설득력 있는 것은, 보다 잘사는 나라에 집중하는 것이기 때문이다.

실업팀은 선수들의 국제 무대 진출을 위한 체계적이고 합리적인 후원을 위해 꾸린다는, 새로운 형태의 '팀'으로 제시되었다.

결과적으로, 당분간은 최영태와 이유리를 감독 및 코치로 삼아 두 선수의 투어 활동을 적극적으로 후원하기로 결론이 났다. 한국에서, 아니, 아시아에서 가장 잘나가고 있는 선수의 스승이라는 공고한 금자탑에 덧붙여, 두 코치의 이력 또한 화려하기 그지없었기에 애로 사항은 없었다.

이처럼 영석과 진희는 단지 3관왕을 했을 뿐이건만, 작은 세상이 움직이기 시작했다.

이처럼 거대한 격변 속에서도 각자에게 들어온 CF 제의 등을 처리하고 나자 시간은 11월에 다다랐다.

2002년도 고작 두 달 남짓 남은 것이다.

"2002년 일정은 끝났네……."

영석과 진희는 강씨 남매를 앞에 두고 앉아 담소를 나누고 있었다.

아쉬운 듯, 아련하게 중얼거린 진희가 철푸덕 엎드려 테이블에 상체를 뉘었다.

눈빛이 어딘지 모르게 서정적이다.

"……"

조금씩 나이가 쌓이며, 진희는 종종 다양한 모습을 보여왔다. 그리고 오늘도 영석은 자신이 모르는 진희의 표정을 보고는 내심 화들짝 놀랐다.

하지만 그 모습이 묘하게 매력적으로 다가와 나쁜 기분은 아니었다.

"2002년 일정은 말씀하신 대로 끝났다고 보시면 됩니다.

2003년 호주 오픈을 시작으로 다시 투어 일정을 생각해 볼 때입니다."

어쩐 일로 강혜수가 포문을 열었다.

강춘수는 서류 정리를 하고 있었다. 이들 넷 사이도 제법 친근해져서 강춘수는 과하게 느껴졌던 예의를 조금은 줄였다.

"그보다… Tour Finals 한번 가보는 건 어때요? 아, 마스터스 컵이었나? 표 구하기 어렵겠죠?"

영석이 의견을 제시하자 늘어져 있던 진희가 허리를 곧추세우고 외쳤다.

"찬성!!"

"ATP로 갑니까, WTA로 갑니까?"

통칭 속칭, '왕중왕전'.

남자 테니스인 ATP는 마스터스 컵, 투어 파이널, 투어 월드 챔피언십, 마스터스 그랑프리 등의 명칭을 갖고 있고, 여자 테니스는 WTA 투어 챔피언십(WTA Tour Championships)이라는 명칭을 갖고 있다.

연말에 상위 랭커 여덟 명이 각축을 벌이는 대회로, 한 해의 최강자를 가린다는 점에서 상징적인 의미가 큰 대회였다.

"WTA로 갈까?"

"올해는 미국일걸? 너무 멀지 않아? 그리고 그 대회엔 날 이겼던 언니들이 득실득실… 으, 싫다, 싫어."

진희가 혀를 빼물고 진저리를 쳤다.

패보다 승이 많았던 성공적인 투어였음에도 불구하고 진희에겐 하나하나의 패배가 크게 다가왔다. 옆에서 늘 의지가 됐던 영석의 부재(不在)도 정신적인 피로에 한몫했다.

'그래도 이겨냈으니… 대견하다.'

영석은 피식 웃으며 말을 이었다.

"그래도 가보는 게 낫지 않아? 당장 내년에도 맞붙을 선수인데……."

"패스. 남자 선수들 보러 가자. 그게… 어디서 했더라?"

"상하이입니다."

강춘수가 불쑥 끼어들었다.

진희가 연신 고개를 끄덕이며 말을 이었다.

"훨씬 가깝고, 훨씬 재밌을 거야. 우리 영석인 250만 참가했었으니까, 그 선수들 보면서 기분도 전환하고 그래야지."

"아니… 난 별로 안 봐도 상관이 없는……."

"으아아아! 몰라 몰라! 그 언니들 보면 아시안게임에서 금메달 세 개나 딴 내 기분을 망칠 거 같아!"

진희가 떼를 쓰자 영석이 쓰게 웃었다.

전생에서 영상으로나마 질리도록 본 대회다. 신선할 것도 없고 말이다.

'마음 써주긴…….'

그래도 자신을 생각해 주는 진희의 태도가 고마웠던 영석이 고개를 끄덕이고 강춘수에게 말했다.

"갑시다, 상하이."

*　　　　　*　　　　　*

양쯔강 하구에 있는 중국 최대의 도시, 상하이.

제법 화려한 도시로, 관광객들에게 늘 사랑받는 도시이지만, 영석에게는 '그냥 동양의 한 도시'일 뿐이다.

'오히려 과거의 유물을 보는 기분이군……'

"와, 뭔가 화려한데?"

하지만 진희에겐 별천지였다.

고개를 한껏 꺾어 번쩍번쩍 빛을 내는 고층 빌딩을 보는 눈에 반짝임이 깃든다. 이런 모습만큼은 변함이 없었다.

"나 한국으로 귀국하고 투어 열 개는 돌았을 거 아냐. 그런데도 신기해?"

"그래봐야 유럽에서 뺑뺑이 도는 건데 뭘. 그리고 늘 첫 방문은 떨리는 거야, 바보야."

우문(愚問)에 현답(賢答)이었다.

영석이 쓰게 웃으며 진희를 따라 고개를 꺾었다.

'……'

건물이 높아서일까.

하늘이 평소보다 멀게 느껴졌다.

"이때의 최고는 휴이트지."

영석은 고개를 크게 주억이며 휴이트를 떠올렸다.

수완 좋은 강춘수는 어느새 호텔의 방을 수배했고, 낯선 이

국의 음식을 먹은 일행 모두는 뿔뿔이 흩어져 제 방에서 잠을 잘 시간이었다.

영석은 다시금 기억이 모여 있는 서랍을 열어 하나둘씩 기억을 꺼냈다.

'사실 90년대 후반부터 2000년대 초반까지는 잘 모르는데……'

85년생인 영석은 90년대 중후반에 라켓을 처음 들었고, 2000년부터 해외를 돌기 시작했다.

처음은 우승하는 재미, 실력이 향상되는 즐거움에 외부 세계에 별다른 관심을 보이지 않았다. 듣지 않으려 해도 들을 수밖에 없는 몇몇의 선수들을 명확히 기억할 뿐이다. 파티에 초청이 되고, 교분을 나눠도 그들의 시합을 자주 보거나 하지 않은 것이다.

명확하게 그들과 스스로를 비교한 것은 페더러가 두각을 나타내기 시작한 2003년부터 2010년까지다.

한 해에 메이저 대회를 3개씩 쓸어 담으며 몇백 주를 세계 랭킹 1위로 지내는 페더러의 모습을 보며 내심 자신이 최고라 생각했었던 영석은 충격을 받았었다. 캘린더 그랜드슬램을 이룩했던 자신의 재능과 비교해도 전혀 아쉬울 것이 없는 선수가 세계를 호령하는 모습이 자극이 됐다. 그때부터 일반 단식 선수들의 경기를 꼬박꼬박 챙겨 봤던 것이다.

하지만 그런 페더러를 만나기만 하면 깨부수는 나달이 등장했고, 2010년도를 넘어서면서 만년 3인자였던 조코비치가 각성을 하는 모습을 봤다.

그것이 하나의 드라마처럼 영석에게 각인됐던 것이다.

뚜렷한 라이벌 없이 세계를 휘어잡고 있던 자신과 대비되었기 때문에 더더욱 크게 다가왔다.

즉, 영석에겐 모든 선수들이 패더러 이후와 이전으로 구분되는 것이다.

그런 영석도 명확하게 기억하고 있는 선수, 휴이트.

레이턴 글린 휴이트(Lleyton Glynn Hewitt).

영석이 2001년 부상을 당해 한국으로 귀국해서 재활을 할 때, 휴이트는 20세 9개월의 나이로 세계 랭킹 1위에 등극했다.

"아마 2016년까지도 깨지지 않은 기록이었지……?"

신기하게도 여러 가지가 변했지만, 휴이트가 '최연소 세계 랭킹 1위'를 달성하는 역사적 사실은 변하지 않았다.

'뭐, 갈아 치울 거지만.'

자신만만한 웃음과 함께 영석은 휴이트의 행보를 떠올렸다.

'메이저 대회 2회 우승. 작년(2001년)엔 US 오픈, 올해(2002년)는 윔블던… 그러고 보니 샘프라스는 US 오픈에서 2년 연속 준우승이었구나.'

2000년에는 사핀에게, 2001년에는 휴이트에게 우승을 내준 샘프라스로 생각이 뻗어나가자 영석은 고개를 저었다.

"나이 앞에 장사 없다… 겠지."

휴이트의 장점은 명확하게 '현대 테니스'의 집약체이다.

강한 체력, 실수가 없는 안정적인 스트로크… 그리고 이 모든 것들을 잘 살릴 수 있는 빠른 발까지 지니고 있는 선수이다. 불같은 투쟁심도 특징적이다. 스트로크가 강하지만 적극적인 네트플레이도 곧잘 펼쳤던 선수이다.

즉, '초일류의 조건'은 모두 갖춘 셈이다.

"신기하게 투어 파이널, 메이저 대회까지… 모두 요 2년 동안만 우승했었군."

즉, 2002년이 끝나가는 지금의 휴이트가 가장 빛나는 시기라는 뜻이다.

"아쉽군……."

아시안게임을 위해 1년을 쏟아부었다지만, 휴이트와 공을 나눠볼 수 없다는 점이 영석에게 크나큰 아쉬움으로 다가왔다.

"와아~~!"

어떻게 구했는지 강춘수는 좋은 좌석을 준비했고, 영석과 진희는 편하게 자리에 앉았다.

라켓을 가로지르는 네트와 같은 위치, 딱 정가운데에서 한눈에 시합을 볼 수 있게 된 것이다. 공이 왔다 갔다 하는 걸 고개를 같이 돌리며 관람해야 한다는 단점이 있지만, 그것만 제외하면 가장 박진감 있게 경기를 관람할 수 있는 자리인 것이다.

두둥.

효과음과 함께 선수들이 입장하기 시작했다.

챙을 뒤로 돌려 푹 눌러쓴 악동 같은 이미지의 휴이트가 입장했고, 그 뒤를 따라 비쩍 마른 선수가 비슷한 신장이었지만,

말라서 그런지 키가 커 보였다.

'페레로(Ferrero)…….'

영석이 눈을 번뜩였다.

모를 리 없는 선수가 나오자 반가웠기 때문이다.

스페인의 영웅이 라파엘 나달이라면, 스페인의 자랑은 후안 카를로스 페레로다.

형형한 눈빛으로 투지를 불태우며 등장하는 휴이트와 대비되는, 신사 같은 이미지의 페레로는 세계 랭킹 1위를 달성한 경험이 있고 메이저 대회 1회 우승(프랑스 오픈)에 빛나는 톱 플레이어다.

'물론, 아직 오지 않은 2003년에 세계 랭킹 1위가 되지만……. 그리고 보니 세계 랭킹 1위끼리의 대전이군.'

두 선수는 몸을 풀더니 이내 곧 시합을 시작했다.

*   *   *

"헉… 헉……!!"

펑!!

펑!!

여느 코트와 다름없이 경기가 시작된 직후, 코트는 숨소리와 타구음으로 가득했다.

두 선수는 첨예하게 경기를 풀어나갔다. 하지만 그보다 영석의 신경을 쓰이게 하는 건 따로 있었다.

'복식 라인이 없다니…….'

배드민턴도 그렇지만, '코트'라고 불리는 경기장은 단식, 복식 둘 다 한 코트에서 치를 수 있게끔 설계가 되어 있다.

테니스 코트의 경우는 베이스라인과 T자 형의 서비스라인이 그려져 있고, 외곽에 선 하나를 직사각형 모양으로 그려 단식 라인을 완성하고, 그 외곽선 바깥으로 하나의 외곽선을 더 그려 복식 라인까지 그린다.

하지만 상하이 마스터스 단식 결승이 진행되는 이 코트는 복식 라인이 없어서 조금 낯선 느낌을 주었다.

아무리 선수가 시합을 많이 하고 다녀도, 이런 형태의 코트에서 시합을 하는 경우보다 그렇지 않은 경우가 훨씬 많으니 말이다.

"스읍!"

펑!!

영석이 상념을 이어나가고 있는 사이, 휴이트가 듀스 코트에서 와이드로 빠지는 서브를 날렸다.

각도와 스피드 모두 훌륭한 서브.

끼긱, 끽.

하지만 페레로는 그 공을 여유롭게 포핸드로 처리했다.

강렬한 리턴이 휴이트 쪽으로 향했다.

끼긱.

둘 다 발이 빠른 선수이기 때문에, 스텝이 현란했다. 그리고 신발이 하드 코트와 마찰하는 소리가 피아노 소리처럼 귀를 즐겁게 했다.

평!!

휴이트는 그 공을 스트레이트로 보내고 네트를 향해 대시했다. 탁월한 선택이었고, 흔히 볼 수 있는 전개였다.

그렇게 휴이트가 서브를 한 자리에서 네트까지 대각선으로 달리고 있는 도중, 어느새 페레로가 득달같이 달려와 백핸드로 스트레이트 샷을 구사했다. 노리는 곳은 대각선으로 향하고 있는, 휴이트가 머물던 자리. 휴이트는 역동작에 걸릴 게 뻔했다.

둘 다 발이 빨라, 서로의 예측에서 조금씩 어긋나는 모습이, 과연 톱 플레이어다웠다.

통.

끼기기긱.

휴이트는 그 공을 침착하게 바라봤다. 그리고 유려하게 잔발 스텝을 밟으며 역동작을 죽이고, 한 번 바운드된 공을 급하게 걷어냈다. 패싱당하지 않은 것만으로도 훌륭한 대처였다.

팡!

부웅—

공이 살짝 느리게 붕 뜨며 넘어갔고, 페레로는 그 1초의 틈을 놓치지 않았다. 빙글 몸을 돌려 포핸드를 준비한 것이다. 작심하고 강렬한 포핸드 스트로크를 쏘아낼 만반의 준비를 끝낸 것이다.

페레로의 선택지는 세 가지.

하나는 인사이드 아웃(역크로스) 코스를 노리는 것, 하지만 이미 네트에 근접해 있는 휴이트의 리치에 잡힐 우려가 있다.

두 번째는 인사이드 아웃으로 공이 올 것을 예상하고 다시 네트 가운데 쪽으로 몸을 기울인 휴이트의 역동작을 다시 노리는 것.

세 번째는 로브다.

'나라면 두 번째.'

찰나의 순간, 영석은 판단을 했다.

그리고,

펑!!

페레로도 영석과 같은 생각을 했다.

네트 가운데로 의식이 집중되어 있는 휴이트가 잠시 몸을 움찔하더니 대번에 페레로의 공을 쫓아 발리를 댔다.

와아아아아아!!

팔을 쭉 뻗어 간신히 댄 발리지만, 공은 네트를 살짝 넘어 뚝 떨어졌다.

요행이나 우연에 가까운 샷으로 보였고, 관중들은 환호했다.

"컴온!"

투쟁심이 강한 성격답게, 휴이트는 주먹을 불끈 쥐고 페레로를 노려보며 포효했다.

'우연이 아니지……'

저 정도의 공은 충분히 노리고 할 법한 휴이트다.

다만 준비할 시간이 부족해 간신히 받아낸 것처럼 보일 뿐이다.

쉬익—

펑!!

시합은 치열하게 전개됐다.

1, 2세트를 모두 휴이트가 가져갔지만, 스코어는 7 : 5, 7 : 5여서 접전이었음을 알렸다.

둘 다 비슷한 특징을 가진 선수여서 그런지, 랠리는 길어졌고, 멋진 장면들이 쏟아졌다.

그리고 3세트가 시작되었다.

메이저 대회에 버금갈 정도로 '대단한' 대회 투어 파이널(마스터스).

접전 끝에 모두 1, 2세트를 내준 입장이라면 선수들 대부분은 투쟁심을 조금은 잃는다.

상대인 휴이트는 최고조의 컨디션. 모든 부분에서 약점이 보이지 않았고, 분위기까지 가져갔다.

하지만 페레로는 결코 기죽지 않았다.

그리고 경기의 흐름을 가져갈 분기점을 스스로 만들어내었다.

펑!!

퍼스트 서브가 센터로 날카롭게 꽂혔다.

휴이트는 이 공을 간신히 받아넘겼고, 이미 네트 근처를 서성이던 페레로는 드롭 발리를 시전했다.

'허술해.'

아니나 다를까, 휴이트가 득달같이 달려와 날카롭게 찌른다.

펑!

팡!

한 번의 스트로크로 단숨에 공격하는 입장에 선 휴이트, 하지만 페레로는 그 공을 발리로 받아내며 동시에 로브를 띄웠다. 일종의 로브 발리인 셈이다.

다다닥.

휴이트가 다시 급하게 베이스라인으로 뛰어가며 네트를 보지도 않고 달려가는 상태 그대로 받아쳤다. 이번에도 로브였다.

'이것도 허술해.'

페레로가 허술하게 넘어온 로브를 그대로 스매시했다.

다시 몸을 돌려 페레로가 스매시하는 장면을 뚫어져라 바라본 휴이트가 귀신같이 스매시를 따라붙어 받아넘겼다.

관중들이 환호성을 지르기 시작했다.

페레로는 다리를 통통 튀며 휴이트가 받아넘긴 공을 여유롭게 쫓아가 툭 쳐서 네트를 살짝 넘겼다. 휴이트는 그 공까지 받아내진 못했다.

"휘이이이익!!!"

짝짝······.

관중들의 환호에도 조용히 스스로에게 파이팅을 외치는 페레로의 모습이 포효하는 휴이트와 대비되었다.

2 : 6, 2 : 6.

3, 4세트의 스코어다.

휴이트는 1, 2세트를 힘들게 얻고 3, 4세트를 쉽게 잃은 셈.

이제 벼랑 끝에 몰린 신세가 된 건 휴이트였다.

"아무나 이겨라!!"

진희가 벌겋게 상기된 얼굴로 꺄악꺄악 소리를 질러댔다.

＊　　　＊　　　＊

승부를 결정짓는 5세트.

휴이트의 서브로 시작된 5세트는 서로가 서로의 서브 게임을 브레이크하면서 치열한 접전이 될 것을 암시했다.

그렇게 5세트는 4 : 4까지 가게 됐고, 휴이트가 자신의 서브 게임을 킵하며 5 : 4가 됐다. 5 : 4(40 : 30)의 매치포인트.

리턴을 준비하는 휴이트의 눈에 귀화가 자리 잡았다.

그만큼 그가 집중하고 있다는 걸 쉽게 알 수 있었다.

펑!!

애드 코트에서 페레로의 서브가 와이드로 꽂혔다.

위기 상황에서도 언제나 베스트 서브를 칠 수 있다는 점에서 페레로는 훌륭한 선수였다.

하지만 집중력이 극에 달한 휴이트가 공을 툭 받아넘겼고, 페레로는 오픈 스페이스를 찔렀다.

팡!!

발 빠른 휴이트가 그 공까지 받아냈고, 페레로는 네트 앞에서 어설픈 플레이를 펼쳤다.

매치포인트라 그랬을까.

발리를 할 수 없었던 코스로 들어온 공을 바운드시키고 처리한다는 것이 이도 저도 아닌 어설픈 공이 되었고, 페레로는 그 자리에서 얼어붙었다.

그리고 휴이트는 그 공을 로브로 높게 쳐 올렸다.

팡~! 부웅—

"우와아아아아아!!!"

페레로는 쫓아갈 생각을 하지 못했고, 공이 코트 바닥에 닿자 휴이트는 그 자리에서 드러누우며 환호했다.

'최고의 마무리다.'

관중들의 환호와 휴이트의 멋진 플레이에 소름이 돋은 영석이 코트를 향해 아낌없는 박수를 쳐주었다.

박수 소리가 영석의 마음속에 파장을 그리며 점점 영역을 넓혀갔다.

…격랑처럼 몰아치는 호승심이 생겼다.

Chapter 36

다시 호주로

마스터스를 관람하고 2박 3일간의 휴가를 보내고 온 영석과 진희는 늘어지려는 기색을 보이지도 않고 다시 훈련에 매진했다.

　1월부터 바로 새로운 시즌에 돌입하고, 호주 오픈을 조준하고 일정을 짜는 지금, 사실상 놀고 있을 시간이 없기 때문이다.

　펑!!

　펑!!

　구슬땀을 흘리는 둘을 보며 최영태는 골똘히 생각에 빠졌다.

　'영석이는 이제 거의 최종 단계에 들어섰다. 그래도 조금 빠듯해……'

　아시안게임 3관왕을 차지하고 재능을 본격적으로 개화한 영석은 그새 또 뭉텅 자라서 195㎝까지 커버렸다.

스펙이 좋아지는 건 언제든지 환영해야 할 일이다. 특히 영석처럼 재능이 특출 난 선수에게는 더더욱 그렇다. 실제로 영석의 운동신경과 민첩함은 2m까지는 커버할 수 있을 것이란 게 전문가들의 의견이었다.

하지만 그것과 별개로 몸이 자랄 때마다 몸 전체를 다시 테니스에 조율하는 작업이 필요했다. 1/10초, ㎜ 단위로 결과가 뒤바뀌는 프로 스포츠 세계에서 신체의 성장은 필연적으로 적응의 시간을 필요로 한다. 테니스처럼 세밀하면서도 역동적인 스포츠는 말할 것도 없다.

'진희는 이제 성장이 멈춘 것 같군.'

아시안게임 전엔 183㎝ 정도였던 진희는 184㎝까지 자랐다.

신체를 움직이는 드러난 기량은 물론이고, 감각적이면서 추상적인 능력이 탁월한 진희는 그 정도 키가 딱 적당했다.

조금 작은 편이 아닐까 싶어서 걱정하던 최영태는 진희의 등을 보고 고개를 저었다.

'충분해.'

길어서 늘씬해 보일 뿐, 다리 또한 어지간한 남자의 것보다 두꺼웠다.

실제로 허벅지의 굵기 자체는 영석과 비슷한 수준이었다.

그뿐인가, 어깨 또한 눈에 띄게 발달해 있었다.

'진희의 숙제는 정해졌군… 영석이는 몸을 키울 시간이 조금 더 필요해.'

트레이너의 역할까지 짊어지게 된 최영태는 어떻게 하면 새로운 시즌 전까지 이 둘의 기량을 최대로 끌어 올릴 수 있을지 고민하기 시작했다.

*   *   *

"어째 연례행사 같다?"

"그러게요……. 어차피 곧 볼 건데……."

2002년 12월 말.

유일한 휴식 시간이 크리스마스 하루뿐이었을 정도로 영석과 진희는 필요한 훈련을 했었고, 1월에 열리는 호주 오픈을 위해 공항에 나와 있었다.

10년.

공항에서 가족들과 함께하는 시간이 벌써 10년이 됐다.

"바아~!"

영애는 늘 바쁜 와중에도 어떻게든 시간을 내어 와주었고, 이유리는 아이를 안고 마중을 나와 있었다. 이유리의 품에 안긴 아이가 허공에 대고 손을 몇 번 휘젓는다.

아무도 그 행동의 이유를 모르지만, 단 한 가지는 명확했다.

"귀여워!!"

진희가 발을 동동 구르며 어쩔 줄을 몰라 했다.

어른들은 모두 그 모습을 흐뭇하게 바라봤다.

'나에게 지지대가 저분들이라면, 나는 참으로 견고한 받침대

를 지녔구나. 결코 떨어지지 않겠지.'

영석도 아이에게 눈을 맞추며 행복한 미소를 지었다.

"가자~!"

최영태가 불쑥 끼어든다.

무뚝뚝하지만, 결코 분위기를 해치지 않는… 묘한 느낌이었다.

"우리도 준비 끝났어~!"

박정훈과 김서영도 씨익 웃으며 다가왔다.

어지간히 영석만 쫓아 다니는 박정훈에게 언젠가 영석이 물었었다.

"아니, 취재거리가 그렇게 없어요?"

"응, 없어."

"……."

박정훈의 논리는 이러했다.

한국 선수들이 출전을 하든, 안 하든, 〈테니스코리아 매거진〉의 기자들은 해외 대회들을 취재하러 현장으로 간다. 특히 메이저 대회들은 더욱 그렇다. 월간지이니만큼, 메이저 대회가 없을 때는 기획 기사나 특집 기사를 써서 분량을 채워야 하는데, 그게 보통 스트레스받는 일이 아니란다.

결론적으로, 영석과 진희를 따라다니는 게 박정훈의 입장에선 최고로 좋은 일이었다.

"출장비 나오지, 체류비 나오지… 너랑 진희도 잘하고 있지… 난 요즘 이 직업을 택한 걸 내 인생 최고의 선택이라고 생각해."

영석은 그 말에 아무런 대꾸도 할 수가 없었다.

그렇게 영석이 잠시 회상을 하는 동안, 어른들의 대화가 이어졌다.

"잘 부탁해요, 최 코치."

"네. 잘 인솔하겠습니다."

모친 한민지의 당부에 최영태는 고개를 끄덕이며 답했다.

실업팀이 본격적으로 가동되기 전까지는, 즉 2003년 시즌은 최영태가 영석과 진희의 전담 코치로 붙기로 했다.

이유리의 강권도 있었거니와, 최영태 스스로도 영석의 부상 이후로 마음가짐을 다르게 먹은 것이다.

물론, 영석과 진희는 두 팔 벌려 환영했다.

"태수야, 형 갔다 올게."

"응응! 응원할게!!"

아시안게임이 진행되는 동안, 영석이 주문한 특수 맞춤 의족을 달고 자신의 다리로 걸을 수 있게 된 태수가 테니스 가방을 메고 당차게 말했다.

"요즘 다닐 만하지?"

"응! 재밌어! 코치님들도 나 재능 있대! 축구할 때처럼 재밌어~!"

태수는 휠체어 테니스를 하기로 결정했고, 영석은 전폭적으로 지원해 줬다.

전생의 기억을 되살려 이 분야의 탁월한 코치들을 태수에게 붙여준 것이다.

"미래의 세계 1위! 응원할게."

"응!"

영석이 태수의 머리를 헝클고는 고개를 들며 외쳤다.

"다녀올게요~!!"

"그래! 결승전에는 꼭 갈 테니 그때 보자!"

그렇게 영석, 진희, 강춘수, 강혜수, 최영태, 박정훈, 김서영은 비행기에 몸을 실었다.

*   *   *

ㅡ그리하여 우리는 조류를 거스르는 배처럼 끊임없이 과거로 떠밀려 가면서도 앞으로 앞으로 계속 나아가는 것이다.

위이이잉ㅡ

탁ㅡ

창공을 나는 소음을 배경음악 삼아 마지막 페이지를 읽고 책을 덮은 영석이 고개를 젖히고 여운에 빠져들었다.

『위대한 개츠비』.

2001년 호주 오픈에서 부상을 당하고 귀국할 때 한 장도 읽지 않았던 그 책이다.

덮어놓았던 책을 다시, 이 타이밍에 읽은 것은 영석의 의지가 서려 있기 때문이다.

'이번엔 다르다.'

책이 주는 여운은 채 10초도 되지 않아 증발했고, 그 자리를 가득 메운 것은 광활한 하늘을 모두 담을 것 같은 야망이었다. 그리고 그 야망은 2003년 시즌 스케줄에 대한 생각으로 이어졌다.

'Auckland Open⋯⋯.'

"이번엔 Auckland Open에 집중하자."

영석은 진희와 강씨 남매, 최영태까지 모아놓고 야심차게 말을 뱉었다.

일전에 강춘수가 뽑아준 리스트는 2016년을 살다 온 영석에게 크나큰 도움이 됐다.

'브리즈번 인터내셔널이 지금은 없다니⋯⋯.'

매해 가장 처음 열리는 Brisbane International과 호주 오픈 사이의 간격은 대개 2주가량 된다. 브리즈번 외에도 다양한 대회들이 호주 곳곳에서 열리는데, 보통은 호주 오픈과 1주~2주의 간격을 둔다.

그래서 많은 선수들이 호주 오픈이 시작되기 전에 대회 하나를 정해서 참가하고 바로 호주 오픈을 준비하는 절차를 따른다.

Brisbane International 오픈은 네 개의 대회 중, 규모와 상금이 가장 크며 전통적으로 세계 톱 랭커들이 대거 참여하기로 유명하다.

하지만 4개의 메이저 대회를 제외하면, 많은 대회들이 개최지를 이전하거나 ATP, WTA가 합동으로 개최를 하는 등, 2003년을 살아가고 있는 영석은 기억의 혼선을 겪을 수밖에 없었다.

호주 오픈이 시작되기 전, 호주 근방에서 ATP와 WTA가 같은 지역에서 개최되는 테니스 대회는 2003년엔 오클랜드와 시드니뿐이었다.

"그럼 이번엔 호주가 아니라, 뉴질랜드 가는 거야?"

"그건 제가 말씀드리겠습니다."

진희의 물음에 강춘수가 끼어들었다.

"우선 호주에 숙소와 코트를 수배했습니다. 호주 오픈이 끝날 때까진 그곳이 저희의 베이스캠프라고 생각하시면 됩니다. 오클랜드라……."

차르륵.

모두의 손에 한 부씩 쥐어진 종이를 일견하고, 자신에 손에 있는 자료를 빠르게 넘긴 강춘수가 설명을 이었다.

"오클랜드 오픈은 뉴질랜드에서 열립니다. WTA는 12월 30일에 시작, ATP는 1월 6일에 시작입니다. 일정이 조금 급박하게 잡혔네요. 일단 대회 기간에 쉴 수 있는 숙소만 준비하면 되겠군요. 비행시간은… 정확하진 않지만 호주에서 출발했을 때 3시간 내외일 겁니다."

강춘수의 말을 들은 일행은 머릿속으로 투어 일정을 그리고 있었다.

"나는 찬성! 한 번도 참여 안 해봤으니 재밌을 것 같아."

진희는 늘 그렇듯 영석의 의견에 찬성을 했다.

성향까지 닮아버린 것일까, 진희는 나름대로 생각을 해보고 결정하지만, 거의가 영석과 같은 결론을 내리곤 했다.

"괜찮겠어? 말이 ATP250이지, ATP500급 이상으로 치열할 텐데……."

최영태가 잠시 제동을 걸었지만, 영석은 확고부동했다.

"바로 그 점이 너무 매력적이지 않아요?"

최영태는 제자의 눈동자에 맺힌 귀기 어린 열정을 막을 사람이 아니었다.

"그래, 그럼 그렇게 하자. 그럼 훈련은……."

띵똥—

잠시 상념에 빠졌던 영석을 깨운 건 도착을 알리는 신호였다.

그리고 곧이어 안내 방송이 시작됐다.

"크어어—!"

이젠 아주 코까지 골며 단잠에 빠진 진희를 보는 영석의 눈이 아뜩함으로 물들었다.

'이 녀석… 어디까지 망가진 모습을 보이려고.'

영석이 손을 뻗어 수면 안대를 살짝 벗겨주었다.

얼마나 깊게 자는지 진희는 깨지도 않았다.

"습! 우웅……."

흘리지도 않은 침을 닦은 진희는 뒤척이며 영석에게 저리 가라고 홱홱 손짓했다.

"일어나, 도착이야……."

"…아직 10분 더 남은 거 다 알아. 냅둬……."

실눈을 뜬 진희가 무심하게 대꾸하고 다시 눈을 감았다.

비행기를 타고 다닌 지 어언 10년. 이제 진희는 깨운다고 깨지 않는다.

'권태기 부부도 이러진 않겠다, 이것아. 에휴……'

한심스럽다는 눈빛으로 진희를 바라보던 영석의 눈이 금세 헤실 풀어지고 말았다.

'그래도 귀엽단 말이지……'

콩깍지가 단단히 씐 영석은 조심스럽게 진희의 안전벨트를 매주곤 고도가 바뀌면서 마치 심장박동 하듯, 작게 진동하기 시작하는 느낌을 즐겼다.

*   *   *

호주 오픈이 열리는 빅토리아 주, 멜버른 시, 멜버른공항(Melbourne Airport).

어두컴컴하게 내려앉은 밤의 장막이 피곤을 가일층(加一層) 북돋운다.

"흐아암……"

비행기에 약한 건지, 강한 건지 모를 진희는 연신 하품을 하며 숙소 숙소 노래를 부르고 있었다.

20km 정도 떨어진 시가지로 진입하기 위해 택시를 탄 일행은 모두 어깨를 주무르거나 축축 늘어져 있었다. 단 한 명만 제외하곤.

"영석 선수."

"네, 춘수 씨."

일행 중 유일하게 허리를 꼿꼿이 세우고 반듯한 자세를 유지한 강춘수가 나지막하게 말한다.

"영석 선수와 비행기를 탄 건 몇 번 안 되지만… 그렇게 안 주무시다 보면 리듬에 문제가 생길 수도 있습니다."

"…맞아, 맞아. 난 스무 번도 넘게 같이 탔는데, 이 인간 자는 꼴을 본 적이 없어."

진희가 거들자 영석은 쓰게 웃었다.

"전 잠이 별로 없어서… 비행기에서 자면 정작 숙소에서 못 잘까 염려되더라고요."

전생에서 휠체어 테니스 선수 생활을 할 때부터의 습관이다.

수도 없이 투어를 다니며 이미 익숙해졌기에 강춘수와 진희의 염려처럼 고생할 일은 없지만, 강춘수는 자못 심각하게 받아들였다.

"일정을 보다 세밀하게 잡아야겠습니다. 투어와 투어 사이에 쌓인 피로들이 기량에 영향을 줄 가능성이 있습니다."

"…그렇게 해주시면 전 좋죠. 그보다 얼른 숙소와 코트를 보고 싶네요."

영석이 화제를 전환했다.

선수가 투어가 열리는 나라에 도착해서 필요로 하는 건 크게 두 가지다.

숙소와 코트가 바로 그것이다.

일상적이라 소홀해지기 쉽지만, 컨디션을 조율하는 데 가장 중요한 요소들이니만큼, 반드시 잘 챙겨줘야 하는 일인 것이다.

"문제없습니다."

강춘수는 단호하면서도 정중하게 답했다.

"어련히 잘하셨겠어? 가는 동안이라도 눈 붙여. 잘 필요는 없어도, 눈 뜨고 있는 것도 체력 소모야."

"네."

최영태가 대화를 단절시키고 영석은 고개를 끄덕이며 눈을 붙였다.

"드디어⋯⋯."

시가지에 도착하자 영석은 감탄인지 탄식인지 모를 말을 내뱉었다.

늦봄, 아니, 초여름에 가까운 습도와 온도가 밤임에도 끈적하게 달라붙었지만 마음에 휘도는 벅참은 불쾌함을 단번에 날렸다.

'이번엔 다를 거야.'

"크흠!!"

최영태가 크게 헛기침을 하고 관광 모드로 전환하기 시작하는 일행의 마음을 다잡았다.

"구경은 내일 하고, 우선 씻고 잡시다."

*   *   *

새로운 환경은 신선한 동기부여를 주기도 한다.

하지만 영석은 공항에서 비행기에 탑승한 순간부터 몸이 근질거렸었다.

'시합! 시합이 하고 싶다!'

욕망과 욕구가 최고조로 달한 영석은 오클랜드 오픈이 시작하기 전까지의 아주 짧은 기간에도 안달이 난 몸을 주체하질 못했다.

펑!!

"서브, 좋아. 플랫 말고 톱스핀 서브도 가보자."

폭발할 것 같은 흥분을 최대한 꾹꾹 누르며 최영태의 지도를 받고 있는 영석은 컨디션을 점검하고 있었다. 진희는 옆에서 강씨 남매를 네트 앞에 세워놓고 패싱샷을 연습 중이었다. 남매의 실력도 보통이 아닌지라 셋에 둘은 실패를 했지만, 진희의 샷은 점점 날카로워졌다. 그 모습을 본 영석이 피식 웃으며 톱스핀 서브를 준비했다.

"네."

후우…….

길게 심호흡을 한 영석이 토스를 한다.

평소 플랫 서브와는 다른, 조금 더 '머리 뒤쪽'을 의식하고 코스를 세밀하게 조율한다.

서브가 테니스의 전부라면, 토스는 서브의 전부.

"그만. 조금 낮아. 지금보다 10㎝ 정도 더 높이 던져봐."

"넵."

휘익―

쉬리리릭.

"끄응……."

한껏 허리를 비튼 영석이 신음을 뱉으며 톱스핀 서브를 시도했다.

펑!!!

쉬이이익―

라켓에 맞은 공이 투수의 변화구처럼 크게 휘어져 들어간다.

쿵, 휙!

그리고 크게 바운드된다.

과장 좀 보태면 사람 키만큼 바운드되며 휘어 들어간다.

"아직 세컨드는 좀 약해. 스핀 서브를 다양하게 준비해야 해."

날카로운 서브였지만 최영태는 냉정하게 판단했다.

영석도 고개를 끄덕이며 동의를 했다.

"맞아요. 일단 토스로 타점만 잡으면 괜찮을 것 같은데… 미묘하게 타이밍이 늦거나 빠른 것 같아요."

자신의 서브 게임을 계속해서 지킬 정도로 빠르고 정확한 서브 기술을 가진 선수라면, 이론적으로 시합을 지지 않을 수 있다.

하지만 현실은 그렇지 않다.

현대로 시대가 발전할수록 광속 서브를 가진 선수가 세계 정상에 서는 경우는 점점 드물게 된다.

테니스에서 세컨드 서브는 굉장히 중요하다.

퍼스트 서브가 아무리 좋다고 한들, 성공률은 고작 70% 내외. 그것도 정말 우수한 선수들에 한해서다. 나머지 30%는 세컨드 서브로 자신의 서브 게임을 '킵'해야 한다.

세컨드 서브까지 실패를 하면 포인트를 내주기 때문에, '안정적이며 동시에 공격적인'이라는 모토 아래 세컨드 서브는 다양하게 발달했다.

150~180㎞/h의 속도에 불과하지만, 공의 회전과 바운드 후의 튀어 오르는 방향, 왼손잡이 오른손잡이 등에게 유, 불리한 서브 등……. 플랫 서브가 주를 이루는 퍼스트 서브와는 달리, 정말 다양하게 분화되었다.

세컨드 서브가 좋은 선수는, 플랫 서브가 아닌 스핀 서브를 퍼스트 서브로 선택하는 경우도 있다. 그렇게 되면, 빠르고 직선적인 플랫 서브를 리턴하려 준비한 선수는 타이밍, 타점 등의 정밀도를 잃게 되는 것이다.

"그래, 네 플랫 서브는 세계 톱 수준이야. 아마 너보다 빠르고 정확한 서브를 칠 수 있는 사람은 다섯 명도 안 될 거다. 그만큼 세컨드 서브를 연마해야 해."

"넵!"

내리쬐는 햇살 아래서 상의를 훌러덩 벗어 던진 영석이 계속해서 서브를 연습했다.

*　　　　*　　　　*

"아, 영석 선수. 연락이 왔었습니다. 이 번호로 전화 주세요."

"누군데요⋯⋯?"

맹렬한 훈련을 마치고 샤워를 하고 나온 영석에게 강춘수가 쪽지를 주며 말했고, 영석은 받아 든 쪽지를 보더니 고개를 기우뚱했다.

"⋯비밀로 해달라고 했지만, 이재림 선수입니다."

"⋯비밀은 개뿔이⋯⋯. 고마워요."

머리를 긁으며 프런트로 가서 유선 전화기를 빌린 영석이 번호를 눌렀다.

—여보세요?

"왜."

수화기 너머서인지, 조금은 낯설게 느껴지는 이재림의 목소리가 들리자 영석이 무심하게 말했다. 내심 반가웠지만, 신기하게도 절로 무뚝뚝해졌다.

—아, 훈련 다 끝났냐?

"그러니까 왜."

—아, 거참 새끼. 겁나 틱틱거리네. 나도 호주 왔어~!

젖은 머리카락을 손가락으로 비비던 영석이 화들짝 놀라 반문했다.

"왜."

—아!! 왜왜왜왜오애왜오애!! 그만!

"크크큭, 알았어. 어쩐 일로 왔는데."

발광하는 이재림의 반응에 웃음이 터진 영석이 물었다.

—한 번만 더 왜 해봐. 너 죽고 나 죽자. 시드니 인터내셔널?
그 대회 출전하려고.

"Adidas International?"

—어, 어! 그거. 그 대회야. 너도 우승했는데, 나라고 못 할
쏘냐!

International Sydney.

2001년, 영석이 호주 오픈 전에 참가했던 대회다.

그때부터 지금까지 아디다스가 후원해서 Adidas
International이라 불린다.

'올해는 이형택 선수가 우승이었는데… 과연……'

영석이 명확하게 기억하는 대회다.

전생에서 이형택이 이 대회에서 우승을 했을 때, 대서특필이
났기 때문이다.

'한국 테니스 역사상 최초의 ATP 투어 대회 우승'이라는 타
이틀이 선사한 충격은 굉장한 여파를 몰고 왔었다.

물론, 이 영광은 지금 온전히 영석의 것이다.

과거로 회귀한 영석이 2001년 같은 대회에 출전해서 먼저 우
승을 했기 때문이다. 그것도 10대의 나이에 말이다.

이번에 이형택과 같은 대회에 참가하지 않는 건, 영석 나름
의 이유가 있었다.

'2003년 아디다스 인터내셔널의 우승자는 바뀔까 바뀌지 않
을까.'

자신의 대회 참가 여부에 따라 미래가 흔들린다면… 재미있을 것 같다고 영석은 생각했다.

잠시 상념을 이어가던 영석이 입을 열어 다시 대화를 시작했다.

"해외를 돈다는 건……. 너도 한신은행이랑?"

―응. 계약 확정했어. 엣헴. 나도 프로다.

"프로는 개뿔… 졸업도 안 한 놈이. 학교는?"

―일단 지금 방학이니까…….

이재림이 기어들어 가는 목소리로 답했다.

"호주 오픈까지 해보고 귀국해. 학교는 졸업해야지 인마. 2년 동안 학교 다닌 기회비용이 아까워서라도 그만두면 안 돼."

―알아. 그냥 프로 기분 내본 거야. 아무튼, 용건은 그게 아니고… 야. 호주 오픈에서 복식 나가볼래?

*　　　　*　　　　*

"뭐? 복식?"

최영태가 못 들을 말을 들었다는 듯 눈살을 찌푸린다.

진희는 흥미롭다는 표정이다.

"네. 아시안게임 때문인가… 자신감이 부쩍 늘었어요. 단식만큼 잘하는 것 같기도 하고."

영석은 반쯤 거절을 해놓았지만, 최영태와 의논을 시도했다.

잠시 침묵을 지키던 최영태는 할 말을 정리했는지, 조곤조곤

조용하게 말했다.

"나는 너희를 복식 선수로 키운 적이 없다. 사실 아시안게임 때도 단식만 했으면 좋겠다고 생각했는데… 메달을 많이 따는 게 미덕인 상황이라 가만히 있었다. 단식 선수는 단식의 영역에서, 복식 선수는 복식의 영역을 잘 지키는 게 좋아. 특히 너희처럼 이제 투어 생활을 시작한 지 얼마 안 된 선수들이라면 더더욱."

영석이 고개를 끄덕이고는 진희를 향해 말했다.

"어때? 투어 돌면서 힘들었어?"

고작 1년이고 메이저 대회는 스킵했지만, 투어를 풀 일정으로 소화해 낸 진희는 쓰게 웃으며 답했다.

"나도 이 문제 많이 생각했어. 너랑 나랑은 혼합복식으로 출전 많이 해야 하는데… 이게 조금 힘에 부칠 것 같다는 생각이 들더라. 멘탈 관리도 힘에 겨울 것 같고. 우린 아직 여유가 없잖아?"

"음……."

구구절절 옳은 말이다.

'기분 전환'이나 '재미 삼아' 출전하는 것이라면, 전문 복식조에게 질 확률이 높다.

그렇다고 전문 복식조가 되기 위해 훈련하는 건 단식과 영역이 다르기 때문에 본말 전도가 된다.

"그래요. 저나 진희나 둘 다 당분간은 오로지 단식에 집중하기로 해요."

영석이 산뜻하게 결론을 내렸다.

이재림에겐 조금 미안했지만, 어쩔 수 없는 노릇이다.

*   *   *

2003년이 됐다.

한국 나이로 영석은 19살, 진희는 20살이 됐다. 몇 개월이 더 지나면 진희는 미성년자가 아니게 된다.

2번 시드로 오클랜드 오픈에 참가하게 된 진희는 예선전을 거치지 않았다.

'벌써… 10대도 끝자락이구나.'

10대라는 걸 즐길 사이도 없이 테니스에 일로매진했던 나날이었다.

거진 10년을 넘게 라켓을 쥐었던 것이다. 전생과 합하면 30년에 가까운 세월이다.

'그런데도 재밌어.'

어쩔 수 없는 테니스 광(狂)이라 자평한 영석이 펜을 살짝 놓았다.

아카데미 시절부터 하루도 빠지지 않고 체크하는 '자가 진단'이었다.

부상을 당했을 때도 빠뜨리지 않았으니, 공책만 수십 권째다.

트레이닝복을 걸치고 투숙하고 있는 객실 문을 연 영석이 휘파람을 불며 식당으로 내려갔다.

"영석아!"

"응?"

식당 입구.

여전히 후줄근하게 영석의 옷가지를 걸쳐 입은 진희가 손을 흔들며 영석을 불렀다.

뒤에는 최영태가 서 있었다.

"밥 안 먹어요?"

늘 정해진 시간에 식당 안에서 만나 같이 식사를 한 일행이기에 영석이 의문을 가지고 물었다.

"떡국 먹으러 가자."

진희가 밝게 웃으며 말했다.

"새해 복 많이 받으세요."

영석과 진희가 앞에 최영태를 앉혀놓고 다소곳하게 절을 했다.

워낙 길쭉길쭉한 몸들이라 접히는 데 한 세월이 걸렸다.

"…다치지 말고, 너무 큰 욕심 부리지 말고 투어를 쭉 도는 걸 목표로 하자. 뭐, 우승하면 좋고."

긴장했는지 말인지 막걸리인지 모를 덕담(?)을 한 최영태가 자신을 멀뚱멀뚱 쳐다보는 진희를 향해 물었다.

"왜?"

"세뱃돈… 용돈 줘요."

진희가 두 손을 가지런히 모으고 귀엽게 돈을 요구했다.

"…돈?"

잠시 멈칫한 최영태가 주섬주섬 품에서 흰 봉투 한 개를 꺼냈다.

"설마설마하면서 준비하긴 했지만… 진짜 달라고 할 줄이야. 이제 성인이야, 김진희!"

"에이… 우리 사이에 뭘 그래요. 감사합니당!"

낚아채듯 봉투 하나를 가져간 진희가 희희낙락거렸고, 최영태는 가만히 있는 영석에게 말했다.

"넌 뭐. 너도 줘?"

"난 성인 아닌데……."

영석이 거대한 덩치를 꼬물꼬물거리면서 장난을 걸자 최영태가 정색을 하고 봉투 하나를 더 꺼내 영석의 손을 잡고 욱여넣듯이 쥐여주었다. 독설 한마디와 함께 말이다.

"징그러워."

*　　　*　　　*

"자자, 늘 그랬듯 자연스럽게~~!"

찰칵─

"오케이!"

박정훈이 카메라를 들고 영석과 진희 주변을 알짱거리면서 사진을 찍어댔다.

"헉헉… 진희 선수! 이쪽을 봐주세요!"

김서영은 수습기자 딱지를 떼고 지금은 어엿한 대리 직급이지만, 여전히 진희를 너무 좋아했다.

"……."

영석과 진희는 그런 두 사람을 말리지 않았다.

오클랜드 오픈.

영석이 기다리고 기다리던 시합이 눈앞에 다가왔다.

진희와 다르게 예선전부터 치고 올라가야 하는 힘겨운 과정이지만, 영석은 설레는 마음을 달랠 수가 없었다. 선수일 것이 분명한 노란 머리, 갈색 머리 등의 서양인들을 볼 때마다 긴장감이 훅훅 몰려들었다.

"표정이 좋아."

장난스러운 분위기를 어느새 벗은 박정훈이 빙긋 웃으며 말을 걸어왔다.

"…기대돼요."

영석이 잘게 쪼갠 웃음을 내비쳤다.

기쁨과 투지가 공존하는, 묘한 느낌이다.

"시합… 이 오랜만인 건 아니잖아."

"그거야 그렇죠. 그래도… 박 기자님. 2년이에요, 2년. 호주에 다시 오게 된 지 말이에요."

아시안게임 3관왕이라는 혁혁한 전공은 어느새 머릿속에서 사라졌다.

스리차판이라는 거성(巨星)을 물리쳤지만, 부상의 충격과 그로 인한 시합에의 욕구는 영석을 들끓게 만들었다. 절대 식지 않는, 뜨거운 욕구 말이다.

전화위복(轉禍爲福)일까.

쉬는 동안 급격하게 자란 신체와 물이 오른 기량도 시험해 보고 싶었다.

아시아가 아닌 세계에서 말이다.

"어떨 거 같아?"

"자신 있어요."

"……!!"

영석의 대답에 박정훈은 흠칫했다.

"늘 자신은 있었지만, 이번엔 그중에서도 제일이에요."

말끝에 이르러선 살짝 떨림을 보이기까지 했다.

명치까지 물이 차올라서 가볍게 부웅 뜬 기분을 느낀 영석이 씨익 웃으며 예선전에 참가하는 선수들의 목록을 훑어봤다.

예선전이라 그런지 아는 선수보다 모르는 선수들이 많았지만, 대진표를 보면 개중에서도 불쑥불쑥 눈에 들어오는 이름들이 있었다.

철자 하나가 눈에 들어올 때마다 심장 박동이 빨라지는 것 같은 느낌이 들었다.

'길고 긴 기다림이었다……'

Chapter 37
Auckland Open(오클랜드 오픈)Ⅰ

진희는 1회전에서 '아사고에 시노부'를 다시 만났다.

아시안게임 혼합복식 결승에서 소에다 고와 페어를 이뤘었던 아사고에 시노부는 진희와는 처음으로 단식에게 붙게 되었다.

시노부는 얼마 전 당한 통한의 패배를 이번 기회에 설욕하고자 분전에 분전을 거듭했지만, 결과는 시시할 정도의 압살이었다.

세트스코어 2 : 0의 더할 나위 없이 깔끔한 승리였던 것이다.

"수고하셨습니다."

홍이 가득했던 평소와 달리 진희는 조금은 무미건조한 어조로 시노부를 격려했다.

기계적으로 느껴지기까지 한 진희의 모습에 시노부는 이를 악물었다.

"수고하셨습니다."

하지만 패자는 승자가 내미는 손을 맞잡을 수밖에 없었다.

진희는 2001년부터 지금까지 2년 조금 넘는 시간 동안, 만났던 모든 일본인 선수를 꺾으며 '일본 킬러'로 자리 잡았다.

사정은 영석도 마찬가지였지만 말이다.

진희의 시합을 관람한 후, 영석은 막간을 이용해 훈련에 매진했다.

땀으로 범벅이 될 때까지 몸을 움직였지만, 훈련은 시합에 비할 것이 못 되었다.

아쉬운 마음을 달래며 씻고 난 후 산책을 다녀온 영석을 기다리는 건 진희였다.

"뭐야, 어디 갔다 와?"

입구에 진입하자마자 진희가 덥석 품에 안기며 칭얼댔다.

몽클한 감촉과 함께 향긋한 샴푸 냄새가 야릇하게 영석의 코끝을 간질였다.

성인이 됐다고(?) 진희의 육탄 공세는 더더욱 거리낌이 없어졌다.

물론, 영석은 진희와의 스킨십을 피하지 않았다.

"산책 좀 다녀왔어. 다 씻었어?"

"응응. 오늘 시합 재미없었어."

진희는 영석의 가슴에 얼굴을 부비며 답했다.

"우리 진희, 오늘 재미없었었구나. 어때? 대진표에 특이한 사람 있어? 그래도 랭킹 높은 선수들 꽤 있을 텐데?"

영석은 빙긋 웃으며 진희의 등을 쓰다듬었다.

나직하게 묻는 목소리에 진희의 눈이 잠에 들 것처럼 몽롱하게 풀린다.

"윤정 언니 나왔던데?"

"조윤정?"

영석의 목소리가 살짝 놀란 듯 높아졌다.

'조윤정 선수도 나왔군.'

조금씩 나이가 들어가며 영석은 진희의 시합에 필요 이상의 관심을 보이지 않기 위해 부단히 노력했다. 아니, 정확히는 플로리다에서의 '자립 선언' 이후 진희를 하나의 성숙한 인격체로 대한 것이다.

다테와의 아시안게임 결승전에서처럼 진희가 먼저 도움을 청하지 않는 이상, 영석은 진희에게 모든 것을 일임했다. 영석이 하는 일은 열심히 관중석에게 응원하는 것뿐이었다.

'일임할 것도 없지. 나보다도 랭킹이 높은데……'

피식 웃은 영석이 조윤정 선수를 떠올렸다.

조윤정에 관한 영석의 기억은 뚜렷하다.

그녀의 세계 랭킹(45위)이 역대 한국 여자 테니스 선수 중 가장 높았기 때문이다.

하지만 영석 자신이 이형택 선수의 기록을 모두 갈아치운 것처럼, 여자 테니스에선 진희가 한국의 역사를 새로 쓰고 있다.

10대에 30위, WTA 투어 8개의 타이틀 보유에 빛나는 진희
는 이미 한국을 넘어, 세계적인 스포츠 스타인 것이다.

실제로 부산 아시안게임 전, 57회 전 한국 테니스 선수권 대
회에서 조윤정은 진희의 상대로 등장했으나, 진희를 돋보이게
하는 역할에 불과했었다.

그런 그녀가 이번에도 등장한 것이다.

"응. 아마 서로 이기다 보면 결승에서 만날걸?"

진희의 음색은 편안했다.

자신감이 있다는 증거다.

"……."

영석은 말없이 웃으며 품에 안긴 진희를 다독였다.

이렇게 살을 맞대고 있으면, 마음이 평온해졌다.

*　　　*　　　*

진희의 예상은, 결과적으로는 맞았다.

4강에서 디펜딩 챔피언(2002년도 우승자) Anna Smashnova를
만난 조윤정은 필사적으로 경기에 임했고, 1세트를 가져가는 쾌
거를 이룩했다. 스코어는 7 : 6(7 : 2).

즉, 6 : 6에서 타이브레이크를 진행해서 타이브레이크 스코어
7 : 2로 게임을 따내며, 결과적으로 7 : 6으로 1세트를 이긴 것
이다.

무려 디펜딩 챔피언을 몰아붙이는 모습은 조윤정 인생에서

가장 찬란하다고 느껴질 정도였다.

이때만큼은 영석은 물론이고, 조금은 나른하게, 약간은 방만하게 느껴졌던 진희마저 눈을 반짝였을 정도다.

"짱이다······."

이윽고, 2세트에서도 조윤정은 기세를 올렸다.

팽팽하게 서로 한 게임씩 주고받으며 스코어 2 : 2까지 진행됐을 때, Anna Smashnova는 갑작스럽게 기권을 선언했다. 디펜딩 챔피언이니만큼, 경기가 팽팽하다고 냅다 기권한 것은 아니었고, 부상으로 인한 것이었다.

"······."

조윤정은 결승 진출을 확정 지으면서도 아쉬운 표정이었다.

본인도 의아하게 생각될 정도로 시합이 잘 풀리는 날이었기 때문이다.

＊　　　　＊　　　　＊

결승전이 열리는 2003년 1월 4일.

"어떨 거 같아요?"

관중에서 영석은 강춘수에게 넌지시 물었다.

자그마한 삼각대에 카메라를 설치하는 강혜수를 돕던 강춘수가 영석의 물음에 고개를 돌려 답했다.

"이깁니다. 높은 확률로 진희 선수가 이길 겁니다."

"스코어는?"

영석이 들썩이는 입꼬리를 최대한 억누르며 무심한 척 물었다.

"세트스코어 2 : 0 예상합니다."

강춘수는 짧게 답하고 강혜수를 다시 도왔다.

"크큭."

영석은 뭐가 좋은지 연신 웃음을 간헐적으로 뱉어내고 있었다.

그의 시선 끝에는 팔랑팔랑거리는 아름다운 여자 선수가 몸을 풀고 있었다.

빛을 발하는 외모야 예전이나 지금이나 변함이 없었다.

선수로서의 진희는 2003년 현재 격변기를 겪고 있었다.

그 압도적인 실력과 성인으로 발돋움한 신체가 맞물려 세계 최고 수준의 플레이어로 향하는 여정을 본격적으로 시작했던 것이다.

본격적으로 투어에 뛰어든 2001년에 60위, 2002년엔 절반의 일정에도 불구하고 30위까지 오르며 일약 최고의 스포츠 스타 중 하나로 부상했다.

그뿐인가, 아시안게임에서는 3관왕을 차지하며 장애물이 없는 시원한 도로를 마음껏 뛰어놀게 됐다.

그 기세를 탄 덕분일까.

이번 오클랜드 오픈에서는 4강에서 그리스 선수인 Eleni Daniilidou에게 한 세트를 내준 것을 제외하면, 모든 경기에서 무실 세트로 쾌속 진격하며 결승에 진출해 사방 천지에 '김진희'란 이름을 각인시키기에 이르렀다.

그리고 결승전.

진희는 네트 너머로 만난 조윤정을 보며 싱긋 웃었다.

"언니!! 오랜만이에요!!"

"…그래."

조윤정은 긴장한 기색으로 인사를 받아줬다.

친분이 없어서 어색한 것이 아니다. 진희를 바라보는 조윤정의 동공이 크게 흔들린다.

'…이길 수 있을까?'

까마득한 후배를 앞두고 선배인 조윤정의 안색이 더욱더 창백해졌다.

그 모습을 본 영석이 눈에 이채를 띄었다.

'그럴 만도 하지.'

조윤정과 진희의 나이 차이는 5년이다.

진희가 정상적인 학창 시절을 보내지 않았다는 사실도 있지만, 정상적으로 다녔어도 둘은 딱히 맞붙을 이유가 없었다. 있다면 전국체전과 대표 선발전이겠지만, 진희는 줄곧 해외에서 놀았다.

결국, 둘은 뚜렷한 상대 전적이 없었다.

딱 한 번 있었던 57회 전 한국 대회에선 진희가 가볍게 승리를 했다.

그리고 마침내, 2003년을 여는 WTA 투어 '오클랜드 오픈' 결승에서 조윤정은 너무나 거대한 적과 맞닥뜨리게 된 것이다.

'단식 타이틀을 얻을 수 있는 기회는 쉽게 오는 게 아니겠지.'

영석 본인은 물론이고, 진희도 쉽게 쉽게 날름 타이틀을 따내지만… 정말 결코 쉬운 일이 아니다.

한 해에 열리는 모든 대회(ATP, ITF)에서 ATP250 이상의 대회는 수십 개다.

그중 일 년 동안 4, 5개만 우승해도 세계 랭킹 10위권을 바라볼 수 있을 정도로 우승은 힘든 일이다.

…라고 영석은 알고 있었다.

전생은 말할 것도 없고, 지금에 와서도 결코 온전히 이해하지 못할 일이었기 때문이다. 겪지 않은 일은 '알 수'는 있어도 '이해할' 순 없다.

"이거 이거… 선후배가 바뀌었어……."

박정훈이 옆에서 중얼거렸다.

시종일관 여유로운 진희를 나무라는 말투는 아니었다.

후배 앞에서 얼어버린 조윤정이 안타까워 자신도 모르게 유감의 말을 내뱉은 것이다.

하지만 영석은 진희가 연관된 일엔 객관적인 판단을 하지 못한다.

"선후배가 중요해요?"

진희를 바라보며 헤실헤실 웃고 있던 영석이 냉혹한 어조로 따지고 들자 박정훈이 흠칫했다.

"……."

'이 느낌… 낯설지 않군.'

최영태에게서도 느낀 것을 제자인 영석에게도 듣게 된 박정훈은 그때보단 한결 침착한 어조로 답했다.

이 기회에 애정을 갖고 지켜보는 선수의 가치관을 알아보고자 하는 기자 특유의 의식이 깃들었다.

"중요하지 않다고 생각은 하지. 하지만 그런 걸 중요하게 생각하는 사람이 더 많은 게 현실이니깐. 그리고 그런 사람들이 주류를 이루는 게 우리나라야."

"주류… 주류라."

도끼눈을 뜨고 바락바락 대들진 않았다.

영석에게 박정훈은 소중한 지인 중 한 명이기 때문이다.

그래도 영석은 할 말은 했다.

"박 기자님. 제가 예전에 인터뷰했던 거 기억하세요? 오프 더 레코드로 부탁드렸던 인터뷰요."

"……!!"

박정훈이 눈에 이채를 띄었다.

잊으려야 잊을 수가 없는 인터뷰였다.

10대 초반의 선수가 보였던 패기와 야망… 지금 박정훈이 몇 년이고 영석을 따라다니게끔 만든 인터뷰였다.

답이 없는 박정훈을 기다리지 않고, 영석은 말을 이었다.

"아직 아무런 업적도 없는 주제에 허황되게 말한다고 욕하실 수 있지만… 저는 제가 기준이 될 겁니다. 이영석 전후로 나뉘어 우리나라의 테니스계가 구분될 겁니다. '이영석이 나타난 이후로 한국 테니스는 바야흐로 거대한 걸음을 내딛게 됐다'고 말이죠. 주류가 마음에 안 들면, 제가 주류가 되면 될 일입니다. 해가 될 권력과 비합리적인 악습은 거대한 영향력으로 짓밟으면 됩니다. 그리고… 진희는 아마 저보다 더 빠르게 세계에 우뚝 설 겁니다."

조금은 극단적으로 느껴질 만큼, 일행에게 영석의 지금 모습은 낯설었다.

하지만 내용과 달리 침착한 어조였기에, 아무도 큰 거부감은 느끼지 못했다.

"나이가 많다고 선배라는 감투로 후배를 뜻대로 다루려는 건 비합리적이지요. 실력이 없으면, 그 선수는 아무런 가치가 없습니다."

전생에서 영석이 입에 달고 다녔던 말이다.

"실력이 없다면 가치가 없다. 우리 대표팀엔 선후배 없다. 실력이 전부야."

그렇게 말할 때면 태수가 영석의 흉내를 내며 옆에서 깐죽거렸었다.

"하지만 난 세계 1위지. 엣헴."

영석은 그런 깐죽거림에도 인상 한 번 찌푸리지 않고 늘 본인이 모범이 되고, 묵묵하게 후배들을 챙겼었다.

한국의 휠체어 테니스계를 쥐락펴락할 수 있는 압도적인 세계 1위가 보이는 하나하나의 모습이 결국 묘한 카리스마가 되어 후배들을 거느리게 됐었다.

잠시 스치듯 태수를 떠올린 영석은 한숨을 쉬고는 끝을 향했다.

"물론, 조윤정 선수는 실력이 있는 선수입니다. 다만, 진희에 비하면 아쉬운 선수지요. 긴장하는 건 당연합니다. 명백히 자신보다 강한 상대인걸요. '후배'라는 이유로 쉽게 느끼면 오히려 비정상적이죠. 저는 그런 인식이 없었으면 좋겠습니다. 그리고 화내듯이 말씀드려서 죄송합니다."

"죄송은 무슨……! 옳은 말을 한 게 미안할 이유는 없지. 방금 영석 선수 입으로 말했잖아."

박정훈이 피식 웃으며 영석의 어깨를 툭툭 두드렸다.

머릿속에서 열이 빠져나간 영석이 머쓱해하는 것도 잠시, 오클랜드 오픈의 결승전이 시작됨을 알리는 안내 방송이 흘러나왔다.

*　　　　*　　　　*

새파란 바닥에 하늘색 빛을 띤 코트가 흰 선을 입고 시원함을 한껏 뽐냈다.

보기만 해도 저절로 청량해지는 기분이다.

하지만 누군가에겐 이 푸르름이 전쟁터로 느껴질 것이다.

조윤정에게도 그러했다.

펑!!!

길고 날렵한 곡선이 허공을 수놓는다.

예리한 발도술처럼 보이는 영석의 백핸드와 비교해서 진희의 백핸드는 간결하고, 부드러웠다.

조금은 낭만적으로 느껴지는 부드러움과 현대 테니스의 합리성이 극도로 발휘된 간결함… 이율배반적인 두 특성을 동시에 보이는 스윙이 진희의 아이덴티티다.

보통, 원 핸드든 투 핸드든 백핸드는 자세가 비슷하다.

클로즈드스탠스를 주로 하고 내 등을 상대방에게 보인다는 생각으로 몸을 꼬았다가 그것이 풀리는 힘과 뒷발에서 앞발로 이어지는 무게중심을 이용해 공을 치는 것이다. 백핸드는 심지어 잡는 그립도 비슷비슷하다.

그래서 선수의 개성은 서브와 포핸드에서 특히 많이 찾을 수 있다.

개중에서도 포핸드는 개성의 집약이라 할 수 있다.

우선 스탠스(Stance)를 살펴보면 여러 방법론이 있다.

스탠스는 스포츠에서 공을 칠 때 취하는 양발의 위치 또는 자세를 말한다.

야구, 골프 등에서도 쉽게 용어를 접할 수 있지만, 테니스의 경우는 크게 두 가지를 갖고 설명을 한다.

오픈스탠스(Open stance), 클로즈드스탠스(Closed stance).

오픈스탠스(Open stance)는 네트를 마주 본 상태에서 양발의 위치를 평행하게 하는 자세다.

클로즈드스탠스(Closed stance)는 뒷발(오른손잡이의 오른발)을 뒤로 당기고 네트 방향으로 등을 많이 보이는 자세를 말한다.

진희의 포핸드는 오픈에서 살짝 변형이 가미된, 세미 오픈(Semi open) 스탠스다.

타다다닥.

춤추듯 스텝을 밟으며 공에게 다가간다.

이 모습은 영석과 굉장히 흡사했다.

왼손잡이인 영석과 달리 오른손잡이인 진희는 빈손인 왼손을 앞으로 쭉 뻗어 공을 향한다.

이때 시선도 함께 공에 둔다.

공이 지척에 다가오기 전에 머릿속으로 공간을 끊임없이 조각내고 분해해서 창출한다.

마침내 공이 지척에 오게 되면, 앞발인 왼발을 미리 디뎌 지지대로 삼는다. 그리고 뒷발인 오른발을 어깨 넓이보다 조금 더 넓게 쭉 뻗는다.

그러면서 생기는 무게중심이 지지대인 왼발부터 오른발로 이동하면서 무릎, 골반, 허리, 척추를 타고 흐른다. 그리고 이 힘들과 틀었던 어깨의 힘을 풀며 모든 힘을 공에 집약시킨다.

펑!!!

라켓으로 공을 강타하고 5~10cm가량 공을 민다는 느낌으로 쭉 팔을 뻗는다.

그럼 팔은 어느 순간 더 이상 앞으로 뻗지 못하는데, 자연스럽게 자신의 반대편으로(오른손잡이라면 자신의 왼쪽으로) 라켓을 갈무리한다. 이를 팔로스윙(Follow Swing)이라고 한다.

라켓을 치면서 밀고, 팔로스윙으로 회전을 준다.

이 세 가지 과정은 그야말로 순식간에 이뤄지는데, 이 모든 과정을 완수해야만 제대로 된 '포핸드 스트로크'가 된다.

그리고 시선은 쭉 공을 바라보고 있어야 한다.

시선을 공에 유지시키는 행위의 의미는 단순하다.

집중력의 유지와 어깨가 미리 열리는 것을 방지하는 것이다.

우선, 집중력이 공에서 멀어지면 지금 자신이 처리해야 하는 한 구보다 상대의 반응을 신경 쓰거나 하는, 비효율적인 일의 우선순위가 높아진다.

그리고 어깨가 미리 열리면 정교한 힘의 전달 과정이 흐트러진다.

심지어 타점도 어긋나지기 때문에, 생각했던 것과는 다른 코스로 공이 뻗어 나가거나 한다.

이런 기본 중의 기본을 잘 지키면 잘 지킬수록, 프로 레벨에서는 티가 많이 난다.

잘 치다 보면 자신도 모르게 안일한 마음이 드러나고, 그것이 샷에서도 드러나기 때문에, 더욱더 선명하게 차이가 나는 것이다.

하지만 평생의 대부분을 영석과 함께 지낸 진희는 최소한 테니스에 있어서 단 한순간도 방심 따위 해본 경험이 없다.

심지어 연습과 레슨 때도 말이다.

어릴 때부터 방심과 담쌓고 지내온 영석을 보며 자란 진희는, 그래서 더 빛이 났다.

쉬익—

교본에 실어도 될 정도의 포핸드를 친 진희가 힘차게 다리를 놀려 네트로 돌진한다.

183㎝의 긴 몸을 빛살처럼 움직이며 다가가는데, 그 압박감은 상대방을 심하게 억누른다.

하지만 상대 또한 결승이라는 무대에 당당하게 진출한 프로 중의 프로, 조윤정이었다.

쎄엑—

공기를 가르는 라켓의 기세가 만만찮다.

쾅!!

강렬함을 넘어 공을 쪼개듯 과격한 스윙이 이어지고, 공은 일체의 회전 없이 네트를 아슬아슬하게 넘어와서 진희의 몸을 향해 짓쳐들어왔다.

'후.'

놀랄 법도 하지만 진희는 마음을 다스리며 손목에 힘을 줘 라켓을 세우고는, 달리는 속도 그대로 공을 마중 나갔다.

'…1, 지금!'

퉁!

공의 속도와 자신이 달려 나가는 속도를 계산한 진희가 공이 지근거리까지 들어온 순간 몸을 옆으로 빼며 발리를 할 수 있는 공간을 만들어냈고, 공은 세워둔 진희의 라켓에 강렬하게 부딪히더니 맥없이 튕겨서 또르르 굴렀다.

"휘이이이~ 익!!"

곳곳에서 휘파람을 불어대며 진희가 보여준 다람쥐 같은 모습을 칭찬했다.

메아리처럼 '커몬!!'을 외치는 소리가 여기저기서 울려 퍼진다.

"게임 셋 매치……."

그리고 이어진 심판의 선언은 그대로 진희의 우승을 알리는 신호가 되었다.

*   *   *

"흐흐흠~ 흠~!"

조금은 텁텁한 공기를 만끽하며 영석은 어쩐 일로 혼자 거리를 배회했다.

콧노래까지 흥얼거리는 영석의 모습은 굉장히 천진난만해 보였다.

"기분 최고다."

진희가 우승을 결정지어서일까, 영석은 발걸음까지 깃털처럼 놀렸다.

가벼운 마음으로 진희의 응원을 받으며 이름 모를 상대와의 32강을 치렀기 때문에 더욱 기분이 좋기도 했다.

승리는 물론이고, ATP250의 우승이야 이미 여러 번 겪은 영석이지만, 시즌 첫 대회를 우승으로 시작할 것을 기대하는 건 굉장한 기쁨이고, 각별한 즐거움이다.

바스락, 팍!

그리고 흥겨움은 손아귀에 쥔 종이를 펼쳤을 때 절정에 이르렀다.

검은 물감이 대기에 가득 물들어 시야를 가렸지만, 영석은 쪽지에 적힌 이름을 토씨 하나 틀리지 않고 명확하게 볼 수 있었다.

⟨Fernando Gonzalez⟩

16강의 대전 상대다.

"세계 최강의 포핸드……."

영석은 나직하게 그 영광스러운 칭호를 뇌까렸다.

그라운드 스트로크에서 포핸드는 백핸드의 몇 배에 달하는 빈도로 사용할 수밖에 없다.

이유는 단순하다.

더 손쉽게 공을 강하게 칠 수 있기 때문이다.

이런 이유로, 100명의 프로 선수가 있다면 그중 80명은 포핸드를 백핸드보다 잘 치게 마련이다.

즉, 프로 사이에서 '전 포핸드가 장점이에요'라고 내세우려면 어지간한 능력으로는 어림도 없다는 뜻이다.

곤잘레스는 다르다. 그리고 특출 나다.

'세계 최강의 포핸드'라는 찬사가 어울릴 만큼, 프로 사이에서도 독보적인 포핸드를 가진 것이다.

'대단했지…….'

영석이 전생에서 봤던 영상들을 떠올리며 곤잘레스의 모습을 구체화시켰다.

곤잘레스의 커리어 하이 랭킹은 5위다. 주니어 때는 1위를 하기도 했다.

하지만 비슷한 랭킹의 선수들과 비교했을 때, 곤잘레스의 재능과 센스는 그리 뛰어난 편이 아니었다. 큰 대회의 기록, 특히 단식에 있어선 메이저 대회 준우승 한 번, 올림픽 은메달이 전부일 정도다.

발은 느리고, 네트 앞에서의 발리 실수도 잦다.

부실한 원 핸드 백핸드는 휘두르다 만 것 같은 느낌을 주고, 차라리 슬라이스가 낫다는 평가를 받는다. 프로에겐 굉장히 불명예스러운 평가일 정도다.

그런 그가 갖고 있는 단 하나의 재능은 바로 '힘'이다.

힘으로 테니스계에 이름을 깊게 남긴 것이다.

'테니스는 힘으로 치는 게 아니야.'

라며 으스대는 사람들을 모두 닥치게 만드는 압도적인 힘.

그 힘의 근원은 굵은 몸통과 손목이었다.

특히 그 힘은 포핸드에서 빛을 발한다.

좌우, 길고 짧은 코스를 가리지 않고 시종일관 강렬한 레이저가 코트를 가로지른다.

어지간한 선수의 세컨드 서브보다도 빠른 그의 포핸드는 정교하기까지 하다.

포핸드로만 따지면 페더러 이상이라는 평가를 받을 정도다.

강인한 손목 힘은 서브와 리턴에서도 존재감을 자랑한다.

신체의 탁월한 유연함이나 선천적인 높이가 없음에도 그의 서브는 210㎞/h을 우습게 넘는다.

리턴에서도 손목 힘은 장점을 발휘한다.

공에만 반응할 수 있다면, 갖다 대는 것만으로도 그의 압도적인 힘이 실린 리턴이 완성되는 것이다. 심지어 백핸드로도 곧잘 리턴 에이스를 쳐댄다.

'최고의 서브'를 자랑하는 로딕조차도 한 경기에서 곤잘레스에게 리턴 에이스를 굉장히 많이 당했다는 것이 그 방증이다.

그래서 그는 많은 사랑을 받았다.

프로에서 찾아볼 수 없는… 장단점이 너무나 확연한 타입이기도 하고, 하나의 장점으로 무소처럼 강적들을 격파하는 것에 많은 팬들이 환호한 것이다.

일각에선 그를 두고 '남자의 테니스'라는 말까지도 한다.

'은퇴할 때 ATP에서 영상까지 만들어줬었지…….'

영석 개인적으로도 좋아하는 선수이니만큼, 16강을 앞두고 영석의 기대치는 최고조로 부풀었다.

　　　　*　　　　　*　　　　　*

"읍!"

여느 때와 같이 이상한 구호(?)와 함께 호텔로 들어서는 영석을 반기며 안긴 진희의 눈이 헤롱헤롱했다.

"마사지받았어?"

영석이 진희를 안아 부축하며 말을 받았다.

진희는 빤히 혼자 걸을 수 있음에도 괜히 몸을 기대며 꼼지락거렸다.

"이 호텔 되게 좋아. 마사지도 잘하고, 밥도 맛있고……."

"우승도 했고?"

영석이 장난스럽게 웃으며 대꾸하자 진희가 마주 웃어준다.

"아, 오셨습니까."

마침 강춘수도 볼일이 있었는지 로비로 나왔고, 영석은 그런 강춘수에게 대뜸 물었다.

"혜수 씨는요?"

"정리하고 쉬고 있을 겁니다. 용무가 있으신지요."

강춘수는 뜬금없는 질문에도 친절히 답해주었다.

그 친절에 조금 망설이는 듯한 기색을 보인 영석이 물었다.

"혹시 곤잘레스 선수 시합 영상 있어요? 자기 전에 한번 체크하고 자려고요."

"물론, 있습니다. 노트북을 가져다 드리겠습니다."

"혹시 볼일이 있으셨던 건 아니죠? 그럼 제가 죄송해서……."

강춘수는 이 어린 선수가 하는 말에 기꺼운 웃음을 입꼬리에 매달며 답했다.

"영석 선수가 최우선이죠."

"나는요?!"

진희가 옆에서 갑작스럽게 끼어든다.

일부러 찌푸린 것이 표 나는, 귀여운 표정으로 말이다.

강춘수는 어쩐 일인지 어울리지 않게 회심의 농담을 던졌다.

"진희 선수에게는 혜수가 있잖습니까."

"헐… 브로맨스(Brother romance)……?"

입을 가리며 충격을 받은 듯 과장되게 휘청이는 진희의 모습에 결국 영석이 빵 터졌다.

"하하… 뭐? 브로맨스? 그건 또 무슨 말이야."

강춘수도 만면에 웃음을 띠며 영석과 진희를 바라봤다.

그렇게 기대되는 대전을 앞두고, 영석은 하루의 마무리를 기분 좋게 맞이했다.

*   *   *

쾅!!!

"과연!!!"

영석은 눈이 어지러울 정도의 강한 공을 맞이하며 환희에 찬 환호성을 질렀다.

곤잘레스의 포핸드는 영석이 상상한 것 이상이었다. 영상이나 경기장에서 보는 것과 직접 상대하는 것엔 어마어마한 차이가 있게 마련이고, 곤잘레스는 그 차이를 더더욱 선명하게 만드는 것에 능한 선수이기 때문이다.

과장 조금 보태서, 타구음이 멎기 전에 공이 이미 넘어와 영석의 목줄을 휘어잡는 느낌이었다.

휘리릭—

쾅!!

영석은 크로스로 온 공을 품에 안을 듯 몸에 근접하게 끌어들인 후, 스윙을 했다.

쾅!!!

만만치 않은 타구음이 쩌렁쩌렁 관중들의 귀를 멎게 한다.

영석은 구태여 공을 스트레이트로 보내지 않았다.

조금 더 곤잘레스의 포핸드를 겪어보고 싶었기 때문에, 크로스로 온 공을 크로스로 맞받아친 것이다. 승부욕이 활화산처럼 영석의 명치에서 힘차게 솟아오른다.

끼긱! 끽!

안색을 굳힌 곤잘레스는 잔발 몇 번을 밟고는 공을 찔러 죽일 듯 노려봤다.

쎄엑—

그리고 마침내 공이 지척에 오자, 로켓이 발사하듯, 몸을 던졌다.

"후웁!!!"

꽝!!!

스윙이 길면서도 빠르다.

훌륭한 메커니즘을 보유한 곤잘레스의 스윙이 창졸지간에 작렬한다.

그 압도적인 파괴력이 심장에 고스란히 박혀들 것처럼 으르렁거린다.

'스트레이트……'

포핸드든, 백핸드든 코스에 따라 치는 것의 난이도가 갈린다.

제일 쉬운 것은 크로스다.

피타고라스 운운할 필요도 없이 대각선이 세로보다 길다는 당연한 이유 때문이다.

여유 공간이 많으면 선수는 기량을 발휘할 수 있는 여지가 늘어난다.

보다 강하고, 보다 강렬한 회전을 먹여서 마음껏 칠 수 있다. 거리가 긴 만큼 아웃될 확률도 적다.

다음은 스트레이트다.

명백하게 크로스보다 여유 공간이 부족한 만큼, 아웃되기도 쉽다.

시합 도중 네트에 걸리고 마는 실책의 대부분은 스트레이트로 보내려다 실패한 경우가 많다.

그래서 크로스로 보낼 때만큼의 회전력은 찾아보기 힘들다. 크로스를 치듯 스트레이트를 치면 아웃되기 일쑤기 때문이다.

다만, 스트레이트는 거리가 짧아진 만큼, 제대로 들어가면 상대가 반응하기 힘들다. 회전력을 잘 안 주고 눌러 치는 탓에 공의 속도가 빠른 이유도 있지만, 같은 속도라 하더라도 상대에게 도달하는 시간이 줄어든 거리만큼 짧아지기 때문이다.

가장 어려운 것이 흔히 '역크로스'로 오해하는 '인사이드—아웃' 코스이다.

오른손잡이의 포핸드 크로스가 11시 방향이라면, 인사이드
―아웃 코스는 1시 방향으로 치는 것이다.

타점부터 어렵기 그지없고, 힘과 회전을 주는 것도 예민하게
다뤄야 한다. 뿐만 아니라 인사이드―아웃을 치기 위해선 몸통
의 움직임과 스윙의 메커니즘에도 확연하게 변화를 줘야 한다.

이 모든 것을 잘해야 초일류로서 자리 잡는다.

"훅!"

영석이 숨을 내뱉고 몸을 쏘았다.

산뜻한 스텝을 밟을 만한 시간적인 여유가 없었다.

두두두두.

냅다 달려 라켓으로 가져다 대는 것이 최선.

그 정도로 곤잘레스의 포핸드 스트레이트는 훌륭했다.

펑!

탁구 선수가 수비를 하듯, 라켓을 곧게 세운 영석이 다리를
찢으며 공을 받아냈다.

슬라이스 스핀을 먹은 공이 붕― 떠서 네트를 넘어간다.

타, 타닥!

곤잘레스가 바위 같은 몸을 산뜻하게 움직여 공에 근접한다.

"하압!!"

쾅!!

강렬한 포핸드 드라이브 발리가 영석이 반응할 수 없는 코
스로 찔러 들어온다.

언뜻 봐도 190㎞/h 정도의 스피드. 도저히 받을 수 없는 공

이었다.

"컴온!!!"

남미의 거친 남자가 우렁차게 포효하자 코트가 진동하는 느낌이 든다.

*   *   *

그렇게 영석은 세 번의 포핸드로 세트포인트를 내주고 1세트도 내주었다.

1세트 스코어 4 : 6.

"후우……."

벤치에 앉아 땀을 쓸어내는 영석의 안색이 편안하다.

1세트를 내줬지만, 전혀 아쉬운 기색이 없다. 세계 톱을 논하는 수준의 포핸드는, 역시 굉장했다.

'내 포핸드는 상대가 안 되는군……. 분석 내용을 점검해보자.'

영석의 머릿속에서 1세트의 모든 포인트가 하나하나 사진처럼 떠오른다.

경이로운 기억력과 두뇌는 이럴 때 크나큰 도움이 된다.

'리턴 에이스 10개를 당했어. 플랫 서브에 강하다는 거지…….'

영석의 플랫 서브가 너무나 훌륭하기에, 역설적으로 리턴 에이스를 많이 당하게 됐다.

곤잘레스의 굳건한 쇠심줄 같은 손목은 220㎞/h 정도의 플랫 서브도 무용지물로 만들었다.

답은 간단했다.

스핀 서브를 섞어야 한다.

'안 그래도 코치님이 지적했었지. 좋아… 세 번 중에 한 번은 퍼스트 서브도 스핀으로 넣는다. 톱스핀 서브로 몸통으로 휘어 들어가게끔…….'

그렇게 리턴에 대한 대책을 세우고 나서 1세트의 경기 양상을 두루 살핀다.

'다리는 생각보다 빨랐어. 백핸드도 생각보다 좋고. 서브도 훌륭해……. 발리에서의 집중력은 조금 문제지만… 음, 좋아. 그렇게 하자!'

펑!!

쾅!!

쾅!!!

2세트가 시작되었고, 처절한 난타전 또한 함께 시작됐다.

"후웁!!!"

호흡을 머금고 달린 영석이 오른 다리를 쿵 내디디며 무게중심을 앞으로 전달한다.

한껏 꼰 몸이 얼마나 틀어져 있는지, 곤잘레스는 영석의 등판을 훤히 볼 수 있었다. 어깨너머로 섬뜩한 시선을 뿌리는 영석의 태세에 곤잘레스는 긴장한 눈빛을 하며 좌우로 언제든 튀어 나갈 수 있게끔 온 다리에 신경을 쓴다. 당장에라도 대포알 같은 공이 쏘아질 걸 예상하는 것이다.

그러나…….

퉁—

"후우……."

가늘고 길게 뱉는 호흡과 함께, 공은 두둥실 떴다.

카각, 칵!

좌우로 뛸 준비를 하고 있던 곤잘레스는 짧게 떨어지는 드롭샷에 반응하려다 땅에 라켓을 짚고 말았다.

툭, 툭.

"피프틴 러브(15 : 0)."

영석은 몸을 돌려 볼키즈에게 손을 뻗었다.

그러자 볼키즈가 수건을 건네줬고, 영석은 땀을 가볍게 훔친 뒤, 공을 골라냈다.

그리고 애드 코트에 서서 서브를 준비했다.

퉁, 퉁, 퉁, 퉁, 퉁.

정확하게 공을 다섯 번 튕긴 후, 공을 토스한다.

훅—

높게 솟는 공을 보며 영석은 전략을 짠다.

'서브도 될 수 있으면 짧게 떨어지는 와이드로 주는 게 좋겠어. 곤잘레스가 잘하는 리턴은 제자리에서 받는 리턴… 조금이라도 뛰게 하면 평범한 리턴이 될 거야…….'

"후웁!!!"

쾅!!!

'좋아!!'

와이드로 빠지는 공이 영석의 생각대로 짧게 떨어졌다.

끼긱!! 끽!!

'슬라이스 리턴이야.'

네트를 향해 돌진하며, 영석은 앞으로 이어질 전개를 예상했다.

하지만,

"서티 러브(30 : 0)."

"······??"

심판의 선언과 함께 영석은 달리던 몸을 멈추고 뚫어져라 곤잘레스를 관찰했다.

'안 받은 거야, 못 받은 거야?'

영석이 관찰하거나 말거나 곤잘레스는 괜히 라켓 스트링을 손바닥으로 팡팡 치더니 듀스 코트로 가서 리턴 준비를 했다.

영석은 하는 수 없이 다시 서브를 준비했다.

휘리— 릭! 펑!!

활대처럼 허리를 뒤로 한껏 젖힌 영석이 공에 스핀을 주며 서브했다.

시이익, 쿵!

느린 대신, 날카로운 스핀을 잔뜩 먹은 공은 묘한 파공음을 내며 곤잘레스를 향해 짓쳐들어왔다.

"꽁!"

팡!

앓는 소리를 낸 곤잘레스가 자세를 무너뜨리며 바운드된 후 자신의 몸으로 휘어져 들어오는 공에 반응했다.

타다닥!

방!!

그 안일한 반응은 어느새 네트에 근접해 온 영석이 발리로 오픈 스페이스를 찌르는 걸 허용했다.

"포티 러브(40 : 0)."

연속 세 포인트를 너무나 쉽게 가져가자 영석은 오히려 당황 해했다.

'뭐지?'

서브에서 조금의 변칙을 섞기 시작하자, 곤잘레스는 맥없는 반응을 보였고, 영석은 고개를 갸웃하며 많은 생각을 했다.

'아직 내가 분석하지 못한 부분이 있군. 조금 더 약점을 세 세하게 살펴봐야겠어.'

쾅!!

영석이 그라운드 스트로크에 변화를 주기 시작했다.

크로스와 스트레이트를 구분하지 않고, 길이를 조절하는 것 에 주안점을 둔 것이다.

다다닥.

포핸드로 크로스 코스로 공을 길게 뿌리자 곤잘레스가 허둥 지둥 달려가 슬라이스로 공을 넘겼다. 코스는 다시 크로스. 왼 손잡이인 영석은 또다시 포핸드를 준비해야 했다.

펑!!!

영석은 이번엔 정확하게 같은 코스, 같은 위치에 스핀을 적게 가미해 공을 넘겼다.

"호오……!"

곤잘레스는 방금 전보다 조금 더 자신 있게 발을 딛더니 슬라이스가 아닌, 톱스핀이 잘 걸린 백핸드로 대응했다. 그것도 스트레이트로 곧장 뻗어오는 질 좋은 공이었다.

그 모습을 본 영석의 눈이 반짝였다.

'그 타점이 네가 가장 자신 있는 위치구나……!'

타다닥, 타, 탁!

현란하게 발을 놀린 영석이 공을 쫓아가 두 팔로 라켓을 휘둘렀다.

펑!!

쉬이익!

스트레이트를 크로스로 받아넘긴 영석은 이번에도 유심히 곤잘레스의 반응을 살폈다.

오픈 스페이스로 정확하게 찌른 영석의 공을 쫓아가는 곤잘레스의 스텝이 버겁게 느껴진다.

툭!!

탁구를 하듯, 간신히 걷어낸 공.

강인한 손목 덕분에 공은 제법 빠르게 움직였다.

하지만 걷어내는 것에 급급해 크로스로 넘길 수밖에 없었고, 영석은 방금 전 공을 쳤던 그 자리에서 이번엔 스트레이트로 찔렀다.

휙!

툭.

"게임 이영석."

곤잘레스는 받으러 가는 것을 포기했고, 심판은 2세트 첫 게임의 승자를 호명했다.

'1세트보다 너무 느린데?'

영석은 원인을 파악하기 위해 머리를 굴렸다.

시합 시간을 체크하기 위해 전광판에 시선을 돌렸다.

[62 : 30]

'1시간 만에 지쳤다고? 그럴 리가……'

영석은 깨닫지 못하고 있었지만, 곤잘레스에게 영석은 최악의 상성을 가진 상대였다.

안정적인 포핸드, 세계 톱 수준의 백핸드를 장착한 높은 수준의 그라운드 스트로크 능력은 물론이고, 다리까지 빨라 구멍을 찾을 수 없는 상대.

자그마한 틈을 비집으려면 자신의 송곳을 무리하게 박아 넣어야 한다.

그러다 보니 곤잘레스는 1세트부터 몸을 던져가며 장기인 포핸드를 남발하게 됐고, 결국 퍼스트 서브에도 톱스핀 서브를 섞어 쓰기 시작한 영석의 서브 게임에 미온적으로 반응하게 된 것이다.

'상관없어.'

영석은 고민을 털어내고 주어진 사실에 집중했다.

'지쳤다면, 더 지치게 해줘야지.'

입꼬리를 말아 올리며 스산하게 웃음 지은 영석이 승리를 다짐했다.

*   *   *

"으악!!"

펑!!

타다다닥.

펑!!

곤잘레스가 기합을 지르며 강렬한 그라운드 스트로크를 구사한다.

영석은 빠른 발을 이용해서 방어적으로 공을 처리했다.

스핀을 가득 품고 깊게 틀어박히는 공을 던지는 것이다.

"끄응!!"

곤잘레스는 신음을 내며 공을 쫓아가서 공을 넘기고 네트로 무모하게 돌진한다.

"흡!"

영석이 눈을 번쩍이며 온몸의 텐션을 올리고는 공을 강렬하게 뿌렸다.

콩!!!

쉬익!!

곤잘레스는 자신의 옆으로 스쳐 지나가는 공을 허망하게 바라볼 뿐이었다.

"포티 러브(40 : 0), 매치포인트."

심판의 선언을 들으며 영석은 한껏 구긴 얼굴을 셔츠로 거칠게 닦으며 중얼거렸다.

"휴……."

2세트는 1세트보다 조금 길어졌다.

다양한 방법으로 약점을 하나하나 파헤쳐 가는 영석의 시도 때문이다.

곤잘레스는 결국 본인과 비슷한 수준의 선수는 이기기 힘든, 명백한 약점이 있다.

다리가 느린 것이 아니라 스텝이 약한 것이었다.

공간을 쪼개고 쪼개어 어느 순간, 어느 자세에서라도 타점을 만들어내는 능력이 부족했다.

또한, 반사 신경이 부족해, 본인이 구상하지 못한 전개에서는 안일한 대응을 하기 일쑤였다.

백핸드는 더 가관이었다.

리턴할 때 번뜩였던 멋진 백핸드는 체력이 조금만 빠지자 달리면서 치는 것엔 적용되지 않았다.

톱스핀을 많이 줘서 조금만 높게 공이 뜨면 슬라이스로 걷어내는 것이 최선이었고 말이다.

랠리가 길어졌을 때, 곤잘레스가 구사하는 슬라이스는 12개나 아웃이 되었다.

마지막으로, 카운터 스타일에 취약했다.

받아내고 또 받아내다 보면 본인이 답답해서 네트로 달려 나온다.

물론, 발리 실력은 그저 그렇고, 앞서 말했듯, 반사 신경 또한 부족했기 때문에, 영석은 수많은 패싱샷으로 포인트를 따냈다.

2세트에서 모든 분석을 마친 영석은 이어진 3세트에서 시종일관 우세를 점했다.

'열 번 만나면……'

휙!!

토스를 한 공을 노려본다. 괜한 짜증이 솟구쳐 오른다.

보다 높은 수준에서의 공방을 원했던 기대감이 깨끗하게 증발했다.

그 짜증을 괜한 공에게 풀려는 듯, 어깨에 평소보다 많은 힘이 들어갔다.

'열 번 다……!'

공이 정점에 오르자 영석이 눈을 차갑게 빛낸다.

쉭!!

공기를 양단하는 깔끔한 소리와 함께,

쾅!!!

공이 찌그러졌다.

'이긴다!!!'

⟨224km/h⟩

오늘 서브 중 가장 빠른 속도의 서브가 작렬했고, 곤잘레스
는 팔조차 뻗지 못했다.

"게임 셋 매치, 원 바이⋯⋯."

4 : 6, 6 : 3, 6 : 2.

오클랜드 오픈 16강, Fernando Gonzalez를 상대로, 영석은
기대감이 무너지는 승리를 거뒀다.

Chapter 38
Auckland Open(오클랜드 오픈)II

삐이이—

라는 소리가 영석의 귓가에 맴돈다.

격렬하게 움직인 날, 침대에 누워 잠에 들라치면, 가끔 이명(耳鳴)이 찾아온다.

쿵. 쿵.

뒤통수에 심장이 달린 것처럼 박동 소리가 귀 뒤를 때려댄다.

그만큼 방은 조용했다.

"……."

멍하니 천장을 바라보던 영석은 오늘 있었던 곤잘레스와의 시합을 1세트부터 복기하기 시작했다.

'1세트를 뺏길 이유가 없었어.'

이겼지만, 자신이 조금 안일하진 않았나… 반성하며 생각을 정리하던 영석의 눈에 이채가 깃든다.

"……!!"

하나의 깨달음.

그것이 영석의 뇌리를 짧게 스치운다.

날카로운 빛살이 사정없이 뇌를 곤죽으로 만든다.

'더 이상 난 이 세계를 동경하던 휠체어 테니스 선수가 아니다.'

당연한 사실이었지만, 영석의 의식은 곤잘레스를 격파하며 일대 전환을 맞았다.

로딕과 사핀은 현실감이 없었다. 필사적으로 성장을 해야 한다는 의식이 전부였기에 승패를 겪을 때의 감정은 단순했다. 기쁨과 슬픔이 그것이다.

스리차판과의 결승에선 자신의 성장을 만끽하는 것에 여념이 없었다.

하지만 곤잘레스를 격파하고 나서야 영석은 깨달았다.

'같은 무대'에 섰다는 단순한 사실을 말이다.

그리고 자신의 기량이 세계에서 통할 거라는 믿음, 자신(自信)이 또렷하게 맺혔다.

건널 수 없었던 세계의 주민이 된 것이다.

허겁지겁 몸을 일으킨 영석이 스탠드를 켜고 여기저기를 뒤적인다.

"다음 상대는……."

파락.

종이를 펼쳐 대전표를 보자 곤잘레스 때와 마찬가지로 익숙한 이름이 눈에 들어온다.

⟨Gustavo Kuerten⟩

"쿠에르텡이라… 그리운 이름이군. 이 대전표대로라면… 4강에서 만나겠군."

역시 호주 오픈 전의 ATP250은 ATP250이지만 ATP250이 아니다.

이름값이 있는 선수들이 연속적으로 나타나기 때문이다.

영석은 앉은 상태에서 차분히 기억을 되돌렸다.

⟨구스타부 쿠에르텡⟩

⟨브라질 최초 남자 단식 메이저 대회 우승⟩

⟨브라질 최초 남자 단식 세계 랭킹 1위⟩

⟨클레이 코트의 절대 강자⟩

⟨프랑스 오픈(롤랑가로스) 3회 우승⟩

단편적인 사실들이 속속 떠오른다.

'남미 최고.'

영석은 클레이 코트라는 단어에 집중했다.

클레이 코트에서 강하다는 것은, 어느 정도 그 선수의 특성을 파악할 수 있는 유용한 정보가 되기 때문이다.

코트는 크게 세 가지로 구분된다.

하드 코트, 클레이 코트, 잔디 코트가 그것이다.

코트의 재질은 종류에 따라 경기 양상을 크게 좌우한다.

재질에 따라, 공의 바운드(Bound), 스텝(Step), 스핀(Spin), 공의 속도(Ball Speed)가 크게 차이 나기 때문이다. 특히 프로의 수준에선 더더욱 눈에 띈다.

우선, 하드 코트(Hard court)는 가장 평균적인 모습을 보인다.

공도 평균적으로 튀고, 재질이 미끄럽지도 않다. 만약 테니스에 물리학을 접목한다면, 가장 변수가 없는 결과값을 보일 수 있는 코트이다. 그러니만큼, 세계적으로 가장 많이 활용되는 코트이기도 하다.

다음은 클레이 코트(Clay court)다.

한국에서 쉽게 보는 누런 운동장 모래를 뿌린 코트가 아닌, 진짜 클레이를 사용한 코트다.

공의 바운드가 특이하게 반응하기로 유명한데, 바운드가 높게 되고, 바운드 후의 속도가 느려진다. 재질이 미끄러워서 잘 이용하면 하드 코트에서보다 더 넓은 수비 범위를 갖게 된다.

클레이 코트는 그만큼 수비적인 선수에게 잘 어울린다.

발이 빠르고, 스트로크가 안정적이며, 스핀을 많이 줄 수 있는 선수에게 유리하다.

아무리 빠른 서브도 클레이 코트에 바운드되는 순간, 미묘하게 느려지기 때문에, 서브가 강점인 선수들에겐 조금 힘들다.

관중들은 더 긴 랠리를 볼 수 있어서, 클레이 코트는 많아지고 있는 추세다.

마지막으로 천연 잔디 코트(Lawn court)가 있다.

특징은 완벽하게 클레이 코트와 반대된다.

바운드가 높게 되지 않고, 바운드 후의 속도도 빠른 편이다.

그만큼 공격적인 스타일의 선수에게 유리하다.

특히 서브&발리를 주요 전략으로 삼는 선수에게 용이한 면이 있다.

유지비 등의 문제로 윔블던을 비롯한 몇몇 대회를 남기고 없어지고 있는 추세다.

"클레이 코트의 강자……."

영석은 클레이 코트에서의 경험이 일천하다.

플로리다 아카데미에서의 경험이 전부인 것이다.

심지어 투어에서 단 한 번도 클레이 코트를 쓰는 대회에 참가한 적이 없다.

'하지만 오클랜드 오픈은 하드 코트다.'

너무 과도하지도, 부족하지도 않은 긴장감이 속에 덧쌓인다.

사지로 향하는 혈류(血流)를 둔탁하게 느낄 수 있을 정도의 긴장감…….

그것은 쿠에르텡이라는 이름값에서 기인했다.

사핀, 로딕…….

영석이 만났던 선수들은 영석 입장에선 '미래에 세계 랭킹 1위를 찍을 선수'였다.

즉, 신기한 기분이 컸다.'

하지만 쿠에르텡은 영석보다 9살이나 많은, '과거의 선수'이고, 이미 세계 랭킹 1위를 달성해 본, 명실상부한 세계 톱 플레이어다. 지금까지 대전한 상대 중에 가장 빛나는 커리어를 자랑하는 선수이기도 하다.

곤잘레스라는 쓰고 떫은 먹잇감에 실망한 영석은, 달콤한 과육(果肉)을 눈앞에 둔 맹수처럼 눈을 빛냈다.

＊　　　　＊　　　　＊

8강에서 이름 모를 선수를 격파한 영석은 4강에서 쿠에르텡을 만나게 됐다.

보글보글 라면땅처럼 탱탱하게 잔뜩 꼬불거리는 금발을 보유한 남자가 휘적휘적 경기장에 입장한다.

"꺄아아아!!"

"와아아아!!"

환호성이 여기저기서 쏟아진다.

보는 사람이 더 유쾌해지는 싱그러운 웃음이 잘 어울리는 남자, 쿠에르텡이 양손을 들어 관객들의 환호에 화답한다.

브라질 축구 국가 대표 유니폼을 입은 관중들이 곳곳에서 방방 뛰며 쿠에르텡을 환영했다.

이 분위기는 몇 분간 지속되었다.

그리고…

짝짝짝……

195㎝의 커다란 키,

너풀거리게 마련인 헐렁한 스포츠 웨어로도 가려지지 않는 거대한 몸통이 191㎝의 쿠에르텡을 상대적으로 왜소하게 보이게끔 만들었다.

정면에는 나이키 로고가, 오른쪽 옆면에는 푸른 한신은행의 로고가 박힌 캡을 눌러쓴 영석의 눈이 살벌하게 번뜩거렸다.

미끈한 청년이었지만, 분위기는 차가웠다.

삼바 음악이 어울리던 분위기는, 단숨에 레퀴엠이 가장 잘 어울리게 됐다.

영석이 등장하면서 관중들은 단숨에 기죽은 듯 자리에 앉아 조용히 박수를 쳤다.

"……."

영석은 구태여 관중들의 반응을 신경 쓰지 않았다.

물론, 사랑받는 것은 좋지만 이기는 것이 더 중하기 때문에 영석은 푸른 안광을 쏘아댈 뿐이었다.

쿠에르텡은 희극배우처럼 어깨를 으쓱하며 난처하다는 표현을 했고, 곧 백에서 라켓을 꺼내기 시작했다. 그리고 가볍게 빈 스윙을 하기 시작했다. 그 모습을 바라보는 영석에 눈에 이채가 깃들었다.

'백핸드 스윙이 좋아……!!'

같은 원 핸드 백핸드지만, 곤잘레스와는 비교를 불허하는 스윙이 유려하게 허공을 수놓는다.

야구에서 타자의 빈스윙을 보며 그날의 컨디션을 유추할 수 있듯, 쿠에르텡의 오늘 컨디션은 굉장히 좋아 보였다. 그리고 여유가 넘쳐 보였다.

부스럭.

영석은 씨익 웃고는 자신도 라켓을 꺼내 빈스윙을 시작했다.

쉬이익!

공을 칠 때만큼의 박력은 없지만, 깔끔함과 우아함이라면 영석의 빈스윙은 수좌(首座)를 다툰다. 빈스윙에서 도전적이면서 저돌적인 영석의 의지가 흘러넘쳤다.

그 모습을 힐끗 바라본 쿠에르텡이 다시 시선을 돌려 자신의 스윙에 집중하기 시작했다.

그렇게 상반된 분위기를 연출한 두 선수는 몸을 풀고 본격적인 시합을 시작하게 됐다.

*   *   *

'좋아!!'

공을 쫓아가며 영석은 희열을 느꼈다.

곤잘레스의 포핸드에서 느낀 충격만큼은 아니지만, 모든 부분에서 상당한 수준에 도달해 뚜렷한 약점이 없는 선수와 대결하는 것은 굉장한 만족도를 줬다.

펑!!!

쿠에르텡은 포핸드에서 조금은 극단적인 오픈 스탠스를 구사한다.

아직 1세트이지만, 영석은 쿠에르텡의 장점을 여실히 깨닫고 있었다.

'포핸드 크로스에 강하군.'

왼손잡이인 영석은 오른손잡이 선수들의 크로스에 백핸드로 대응할 수밖에 없었다.

하지만 영석의 백핸드는 더 이상 논할 필요가 없는 세계 톱 레벨.

쾅!! 펑!! 펑!! 펑!!

각자가 듀스 코트에 자리 잡고 크로스로 공을 주고받는 모습에서 일종의 고집이 느껴졌다. 스텝이 거의 필요가 없는 상황.

그렇게 공은 네트를 네 번 넘나들었다. 각자 두 번씩 크로스로 서로의 스트로크를 파악한 것이다.

그리고 변화는 쿠에르텡의 라켓에서 시작되었다.

펑!!

끼긱!!

똑같은 자세에서 펼친 크로스지만, 굉장히 짧고 각을 크게 그리는 샷이 쿠에르텡에게서 펼쳐졌다.

승부수를 던질 것을 막연하게나마 의식하고 있던 영석의 몸이, 영석의 의식보다 앞서 공을 쫓아간다.

타닥, 탁!

90kg 가까이 되는 육중한 영석의 신체가 깃털처럼 팔랑거리며 네트를 향해 돌진한다.

'내 선택은 제한적이군.'

저렇게 좋은 각도로 짧게 떨어지는 공을 받는 방법은 몇 가지 없다.

스트레이트로 보내기엔 거리가 지나치게 제한적이라 네트에 걸리기 십상이다.

로브를 하자니 쿠에르텡은 베이스라인에 다리를 두고 냉철하게 기다리고 있었다.

똑같이 크로스로 응수하는 방법뿐이 없다.

치익!!

'크윽……'

낮게 튕기며 옆으로 빠져나가려는 공을 처리하기 위해 영석은 가능한 최대한으로 무릎을 굽혔다.

무릎이 거친 코트 바닥에 스치며 아릿한 고통을 선사했다.

펑!!

하지만 공은 영석의 의도대로 크로스로 잘 꺾여 들어갔다.

'스트레이트……'

쿠에르텡이 테이크 백을 하자 영석이 굽힌 다리를 벌떡 일으키며 왼쪽으로 급하게 달려갔다.

오픈 스페이스가 적나라하게 비어 있었기 때문이다.

하지만.

펑!!

끼긱.

쿠에르텡은 영석의 미세한 변화를 탐지하고 다시 크로스로 공을 넘겼다.

달리던 몸을 멈춘 영석이 기우뚱거리며 팔을 쭉 뻗어봤지만, 공은 이미 영석의 팔이 닿지 않는 곳으로 떠나갔다.

영석의 수를 읽은 쿠에르텡의 센스 있는 샷이었다.

"하하……!!"

영석은 진심으로 유쾌했는지 라켓을 쥔 채로 박수를 두어 번 쳐주었다.

"메디컬 타임아웃을 요청합니다."

한 포인트가 끝나고 영석이 손을 들어 심판에게 말했다.

환부에 물을 뿌리고 볼키즈가 건네준 수건으로 닦아 피는 흐르지 않았지만, 살짝 따가웠다.

피부가 살짝 벗겨진 정도라, '부상'이라고까지 할 것도 없는 일이었지만, 따가워서 온전히 경기에 집중을 할 수가 없었다. 그러다 보니 묘하게 짜증이 조금씩 스며들어, 영석은 마침내 타임아웃을 신청한 것이다.

진즉 영석의 무릎을 예의 주시하고 있던 심판이 메디컬 타임아웃을 수락했다.

메디컬 타임아웃은 응급처치 후 명백히 호전될 거라는 판단 하에 3분 동안 치료를 할 수 있는 시간을 주는 제도이다.

후다닥 뛰어온 의료진이 영석을 벤치에 앉힌 후, 무릎을 살펴본다.

고개를 끄덕인 후, 의료용 솜에 소독약을 부은 후, 환부를 툭툭 두드린다.

뜨겁다고 느꼈던 상처에 차가운 액체가 닿자 영석은 고통을 느끼는 한편, 시원함을 느꼈다.

'…짜증이 가시는군.'

그 위에 연고를 살짝 바르자 따가웠던 느낌이 증발했다.

영석은 의료진에게 고개를 숙이고 심판에게 고개를 끄덕임으로써 괜찮다는 표시를 했고, 경기는 다시 재개됐다.

퉁퉁.

오른 다리를 굽혔다가 두어 번 땅을 살짝 밟아본 영석이 고개를 끄덕였다.

"됐어."

거짓말처럼 순수한 승부욕이 다시 부글부글 끓기 시작하더니, 코트에 입장할 때처럼 눈이 파랗게 빛나기 시작했다.

잠시 쉬는 동안 식은 줄 알았던 몸도 쿠에르텡을 보자 절로 부드럽게 풀리기 시작했다.

입꼬리를 비틀어 올리며 영석이 내심 중얼거렸다.

'기다리게 해서 미안하다. 다시 날 즐겁게 해다오.'

*   *   *

"스읍!!"

펑!!!

쉬익ㅡ

나풀나풀거리듯, 영석은 코트를 누볐다.

쿠에르텡 또한 전(前) 세계 랭킹 1위의 위엄을 보이며 가벼운 몸놀림을 선보였다.

그날그날의 컨디션으로 승패가 갈리기도 한다는 세계 톱 수준의 경기는 그야말로 물샐틈없는 빡빡한 철벽끼리의 부딪힘이었다.

'잘해……'

펑!!

완전히 정면을 보듯 11자 스탠스를 하고 쿠에르텡은 포핸드를 여기저기 뿌렸다.

크로스는 말할 것도 없고 스트레이트, 인사이드—아웃도 안정적으로 처리했다.

원 핸드 백핸드 또한 굉장히 안정적이어서, 영석은 고뇌에 빠졌다.

'앞으로도 이런 유형의 선수를 많이 맞닥뜨리겠지.'

실수가 적고 필요할 때는 카운터로 공격적인 플레이까지 펼칠 수 있는 선수.

영석 또한 그런 스타일이 결국엔 세계 톱을 지킬 거란 걸 잘 알고 있었다.

'때리고 또 때려서 구멍을 만드는 수밖에……'

펑!!

집중력이 들끓어 오르면서 영석의 시야가 바뀌었다.

쉬익—

부드러운 스윙이었지만, 공은 강맹했다.

그리고 그 공이 향하는 곳은 흰색 선… 코트 안쪽과 바깥쪽을 나누는 경계를 향해 공은 거침없이 날아갔다.

재림을 전위에 세워두고 후위에서 스트로크로 게임을 조율할 때 나타났던 영석의 믿지 못할 퍼포먼스가 다시금 코트 위에서 실현됐다.

'길게… 길게 뿌리고 발리.'

이번 포인트는 그렇게 하기로… 영석은 마음먹었다.

그리고 마음을 먹은 순간 영석은 기회를 노리기 시작했다.

펑!!

쿠에르텡이 뒤로 물러나서 공을 처리하고는 먹잇감을 노리는 맹금류의 눈빛으로 자신의 시야에 영석을 담았다.

'지금?'

탁…….

움찔!!

영석이 전방으로 향할 기색을 보이자 쿠에르텡이 눈에 띄게 몸을 움찔했다.

'…읽혔어……!!'

끽.

제자리로 되돌아온 영석은 다시 공을 길게 뿌렸다.

펑! 펑!!

기회를 노리는 영석과, 그 기회를 이용해 카운터를 치려는 쿠에르텡의 눈치 싸움에서 공이란 그저 네트 위를 왔다 갔다 할 뿐인, 의미 없는 존재가 되고 있었다.

격투 경기의 긴장감을 연상케 하는 분위기가 두 선수에게 자리 잡고 있었다.

'지금!'

펑!!

영석은 더 이상 기다렸다간 페이스가 쿠에르텡에게 갈 것이라 판단하고 어프로치 샷을 치고는 네트 앞으로 거구를 날렸다.

"……!!"

꽝!!

쿠에르텡이 여봐란듯이, 라이징 타법으로 패싱샷을 노렸다.

쉬익—

"이 정도는……."

끽, 끼긱!

현란한 스텝이 그 자리에서 펼쳐진다.

앞으로 달려 나가던 속도와 기세가 어마어마했음에도 영석은 몸을 놀리는 것에 어떠한 불편함도 느끼지 않았다.

이미 패싱샷을 칠 거란 걸 예상한 영석은 한 발 스플릿 스텝을 펼치고는 왼쪽으로 빠져나가려던 공을 우악스럽게 잡아챘다.

팡!!

억지로 되돌려 보낸 공은 좋은 코스를 찌르며 들어갔고, 쿠에르텡은 인상을 찌푸리며 자신의 오픈 스페이스를 향해 전력 질주를 했다.

끼기기긱, 끽!

테니스화의 밑창이 미끄러지지 않는 하드 코트를 괴롭히며 마찰을 일으킨다.

마찰로 인한 열이 뿌옇게 몸을 꼬아 흐느적거리며 아지랑이처럼 일렁였다.

하지만.

툭. 툭…….

공은 기세를 잃고 바닥을 굴렀고, 쿠에르텡은 고개를 절레절레 저었다.

영석은 포인트를 땄음에도 전혀 기뻐하지 않고, 쿠에르텡의 몸놀림을 상기했다.

'평소의 빠르기로 생각하면 충분히 닿을 수 있는데… 한 발자국 정도 모자랐어. 그에 비해 상체는 이미 받아칠 준비가 끝나 있었고……. 음, 확실히 이런 면에서는 클레이 코트에 유별나게 강한 이유가 있군.'

하드 코트와 클레이 코트는 앞서 말했듯, 성격이 다르다.

클레이 코트에선 공이 바운드된 후 크게 튀며 속도가 줄어드는 경향이 있다고 했지만, 선수들의 스텝 습관과도 연관이 많다.

클레이 코트는 바닥이 흙이니만큼, 미끄러지며 공을 처리할 수 있다.

일류 선수쯤 되면, 미끄러지는 거리를 조절하는 건 예삿일이다. 이런 클레이 코트에서의 습관을 하드 코트에서 그대로 실현하기란 굉장히 지난하다.

물론, 하드 코트에서도 미끄러지듯 스텝을 밟는 선수가 있지만, 이는 특출 난 재능과 연습을 필요로 하는 일이다.

휘리릭— 펑!!

잠시 쿠에르텡을 평가하던 영석은 예의 공을 다섯 번 튕기는 행위를 한 후, 서브를 시작했다.

영석의 서브가 번개처럼 코트를 가로지르며 으르렁거렸고, 쿠에르텡은 예리한 눈썰미로 리턴했다.

펑!!

톱스핀을 잔뜩 먹은 훌륭한 리턴이 길게 들어왔다.

쿵.

베이스라인에 서 있는 영석의 앞에서 떨어진 공은 큰 바운드를 그리며 솟구쳤다.

'두 번째 약점. 가끔 나오는 공이 생각보다 높게 튀진 않아.'

자신의 목 아래까지 치솟아 오른 공을 침착하게 바라본 영석이 그 자리에서 몸을 살짝 띄워 백핸드로 응수했다. 어느덧 몸에 딱 맞는 옷처럼 잭나이프가 자연스럽게 펼쳐졌다. 코스는 인사이드—아웃으로 광장히 절묘하게 빠져 들어갔다.

'머리까지 튀어 오르는 공이 아닌 이상에야… 이 정도 높이면 딱 치기 좋지.'

본인이 195㎝라는 걸 감안하지 않고 멋대로 쿠에르텡의 샷이 부족하다고 여긴 영석은 생각을 이어감과 동시에 거구를 네트로 돌진시키며 시종일관 입꼬리에 미소를 매달고 있었다.

팡!!

쿠에르텡은 과연 초일류였다.

치명적인 코스로 들어오는 공을 처리하기에 급급한 상황에서도 눈을 빛내며 영석을 살폈다.

'늘 같지. 로브냐, 패싱이냐. 그것이 문제로다.'

네트로 향하던 영석이 서비스라인에서 몸을 살짝 멈췄다. 아니, 멈추기보다 조금 늦췄다.

사실은 데드 스페이스(Dead space : 상대방이 어떤 샷을 쳐도 반응하기 힘든 장소)에 가까운 곳이지만, 영석의 선택은 유효했다.

쿠에르텡이 순간적으로 흔들리는 동공을 보이며 친 샷은 어중간했기 때문이다.

두 가지 선택지 전체를 부정하는 영석의 순간적인 움직임으로 제3의 선택지를 골랐지만, 그것이 어설펐던 것이다.

타닥.

펑!!

산책 나가듯 여유롭게 걸음을 옮긴 영석이 드라이브 발리로 공을 처리했다.

쿠에르텡이 못 받아내는 걸 확인한 영석이 미련 없이 몸을 돌려 베이스라인으로 걸어갔다.

'길겠구나.'

기량이 절정으로 치달을수록, 하나의 포인트는 첨예한 수 싸움을 거쳐야 한다.

사핀을 거쳐, 스리차판과의 경기, 그리고 이어진 쿠에르텡과의 경기에서 영석은 톱 플레이어가 겪을 숙명적인 과정을 맞닥뜨리게 됐다.

                    *   *   *

"우선 두 분의 우승을 축하드립니다."

박정훈이 입을 열어 인터뷰의 포문을 열었다.

영석과 진희는 각각 우승 트로피를 품에 안고 씨익 웃고 있었다.

"……."

그 여유로운 모습을 보는 박정훈이 잠시 말을 잇지 못했다.

브레이든턴, US 오픈 주니어 때의 두 선수가 문득 떠올라 감개무량한 것이다.

"감사합니다."

"저도요~!"

영석과 진희가 능숙하게 반응하자, 박정훈은 시큰거리는 콧날을 움켜쥐고 싶은 욕구가 생겼다.

'참자… 아직, 아직이야. 앞으로 더 큰 감동을 줄 선수들이니깐.'

"큼!"

박정훈은 헛기침 한 번으로 복잡한(?) 속내를 털어내고 본격적인 인터뷰를 시작했다.

"진희 선수는 이번에 조윤정 선수를 이기고 우승을 차지했습니다. 한국인끼리의 결승전이라 관계자들 사이에선 관심이 지대했는데요… 소감이 어떻습니까?"

"우선, 수준 높은 대회에서 우승하게 되어 기쁩니다. 윤정 언니를 결승전에서 만났을 때도 내심 긴장했었습니다. 디펜딩 챔피언을 이기고 결승전에 올라오신 거라 조금 부담이 되기도 했고요."

진희는 어느새 필요할 때는 능숙한 인터뷰를 할 줄 알게 됐다.

사소한 변화였지만 이 부분은 영석에게 크게 다가왔다.

'말도 잘해, 우리 진희.'

연신 뿌듯한 웃음을 짓는 영석을 뒤로한 채, 진희는 계속해서 인터뷰를 이었다.

"그래서 윤정 언니와의 시합에서 좋은 기억이 있었던 전 한국 테니스 선수권 대회를 떠올렸습니다. 그리고 생각한 대로, 준비한 대로 플레이하는 것에 최선을 다했습니다."

"그 결과가 우승이었다는 거군요?"

진희는 이 질문에 대해선 고개를 끄덕이는 것으로 대답을 대신했다.

"진희 선수는 2002년을 30위로 마무리했습니다. 간단히 올해의 목표를 말씀해 주실 수 있을까요?"

"작은 목표는 톱 10 안에 들어가는 겁니다. 큰 목표는 1개 이상의 메이저 대회에서 우승을 하는 것이고요."

진희는 마치 준비한 것처럼 박정훈이 숨 쉴 틈도 없이 대답을 즉각적으로 했다.

야망이 꿈틀거리는 진희의 눈동자는 이 순간, 여왕(女王)의 눈빛이었다.

박정훈은 자신보다 스무 살 넘게 어린 여자 선수의 안광을

똑바로 바라보지 못했다.

그가 할 수 있는 일이라곤, 영석에게 질문을 하는 것뿐이었다.

"…영석 선수, 진희 선수와 마찬가지로 얼마 전에 아시안게임에 이어 바로 또 인터뷰를 하게 됐군요."

"하하… 다행입니다. 동반 우승으로 인터뷰를 할 수 있게 돼서요."

영석이 풀썩 웃으며 분위기를 부드럽게 만들었다.

"준결승전에서 전 세계 랭킹 1위인 쿠에르텡 선수를 격파하고 이어진 결승전에선 다비드 페러 선수를 물리치며 우승을 차지했습니다. 두 선수 모두 훌륭한 선수이기에 유독 영석 선수의 기량이 빛나 보이는 대회였습니다."

"감사합니다."

박정훈은 막힘없이 대화를 이끌었다.

"결승전에서는 비교적 손쉽게 페러 선수를 압도하셨습니다만, 준결승전에선 조금 고전을 하기도 했는데요… 쿠에르텡 선수와의 대전은 어땠습니까?"

"페러 선수도 마찬가지였지만, 특히 쿠에르텡 선수는 굉장히 안정적이었습니다. 실수가 적은 것에 비교해서 공격성 또한 훌륭했기 때문에 애를 많이 먹었습니다. 특히, 2세트 3세트에서 더욱더 고생했었습니다. 약점을 찾는 것보다 포인트를 만들어나가는 것에 집중했습니다."

"그래서인지, 유독 긴 랠리가 자주 나와서 체력적인 문제도 있었을 것 같은데요."

이미 경기를 보면서 흐름을 정확히 캐치한 박정훈이기에 할 수 있는 질문이었다.

영석은 자신의 경기를 잘 지켜봐 준 그 성의에 기꺼운 마음이 들어 최대한 친절하게 답했다.

"말씀하신 대로 체력적인 문제를 겪을 수도 있다는 생각에 모든 포인트를 길게 가져가기보다 전략적으로 공격할 포인트를 정했던 게 유효했습니다. 때로는 어프로치 샷으로 시작해 발리로 끝나는 포인트, 위험 부담이 많지만 성공하면 흐름을 온전히 가져올 수 있는 코스로의 스트로크 등⋯ 필사적으로 공격할 순간을 캐치했습니다."

"아시안게임에서도 그랬지만⋯⋯."

그 뒤로 한참을 인터뷰로 시간을 보낸 일행은 사진을 함께 찍는 걸로 그날의 일정을 마무리했다.

*　　　*　　　*

"요즘 나 욕구불만인가 봐⋯⋯."

호주로 떠나기 전날 밤.

여느 때와 같이 진희와 함께 산책을 하던 영석은 진희의 폭탄발언에 얼어붙었다.

"무, 뭐?"

"응?"

진희는 천진한 얼굴로 영석을 돌아보며 반문했다.

정말 영문을 모르겠다는 표정이어서 영석은 어떤 반응도 하지 못했다.

"……"

"뭐야."

진희는 몸을 돌려 다시 앞을 향해 걸으며 말을 이었다.

"이제 이런 대회 우승해도 안 기뻐. 아니, 기쁘긴 기뻐. 그런데 예전처럼 까무러칠 정도로 기쁘진 않아. 그냥 담담하달까? 난 더 큰 희열과 치열한 걸 원해. 나… 오만해진 건가?"

"…아니야."

영석은 대번에 진지한 어조로 답했다.

진희가 계속 말하라는 듯 영석을 빤히 바라보았다.

"당연히 옛날 같지 않지. 한두 번이야 꿈에 나올 정도로 기쁘기도 하겠지. 하지만 계속해서 타이틀 하나하나에 감동하고 기뻐하는 건 되레 가식이라고 생각해. 기쁠 리가 없지. 더 큰 기쁨을 목전에 뒀는데."

"메이저 대회?"

진희가 핵심을 짚자 영석은 잠시 고민하더니 고개를 저으며 말했다.

"메이저도 하나의 대회에 불과해. 아직은 요원하지만, 메이저 대회도 밥 먹듯 우승하면 별로 안 기쁠걸? 더 큰 기쁨… 그건 나보다 뛰어난 선수들이 아직 많이 남아 있고, 그들과 붙을 수 있는 기회가 남아 있다는 사실을 깨달을 때 발견할 수 있는 거라고 생각해."

"……"

진희는 문득 고개를 들어 밤하늘을 바라봤다.

영석이 말하는 것을 정리하고 있는 것이다.

"…그래. 최소한 지금 나보다 잘하는 언니들이 스물아홉 명은 있다는 거네."

"……"

영석은 잠자코 기다려 줬다.

진희가 바라보던 하늘의 별을 제 눈에 박아 넣고 시린 빛을 뿌리며 영석에게 말했다.

"빨리 호주 오픈 가자."

Chapter 39
2003 Australian Open(호주 오픈)

오클랜드 오픈을 끝마치고 호주로 온 일행은 이재림과 만났다.

일정상 호주 오픈과 오클랜드 오픈은 하루 차이였기 때문에, 굉장히 부산스러운 분위기여야 했지만, 호주는 현재 기록적인 폭염(暴炎)으로 일정이 삼 일 미뤄졌다. 이 시기의 호주는 그야말로 불지옥이라, 선수 보호 차원에서도 경기를 중단하는 상황이 잦은 만큼, 일정이 미뤄지는 건 모두 감내할 만한 일이었다.

이재림은 기쁨 반 짜증 반이 섞인 얼굴이다.

의외로 대화의 첫 포문은 최영태가 열었다.

"태양아."

"어? 형!!"

이재림의 뒤에 서 있던 30대 후반의 남성이 최영태 앞으로 달려와 꾸벅 인사를 한다.

최영태는 보기 드문 푸근한 미소를 지으며 태양이라 불린 사내의 어깨를 연신 다독였다.

어색한 애정 표현이니만큼, 그 모습이 퍽 정겨웠다.

"잘 지냈어?"

"그럼요. 형은 요즘 잘나가던데… 신수가 훤해졌수다."

한편, 영석은 어딘가 본 듯한 사내의 얼굴을 힐끔 보며 고민에 빠졌다.

'누구였지……?'

최영태와 해후(邂逅)를 만끽한 사내가 그런 영석의 고민을 해소하듯 먼저 말을 걸어왔다.

"참 대단한 선수로 자랐습니다, 이영석 선수."

"아… 네."

내민 손을 붙잡고 악수를 나누던 영석은 사내의 강직해 보이는 눈매와 서글서글한 인상을 보고 퍼뜩 생각이 났다.

"손태양… 코치님."

영석의 말에 손태양은 씨익 웃음 지었다.

그 옛날, 영석이 부모님을 설득하기 위해 국민학생 때 참여한 대회에서 영석은 자신을 향해 라켓을 휘두른 상대에게 놀란 경험이 있었다. 그리고 상대의 코치는 그 모습을 보고 울컥해서 어린 선수에게 참교육(?)을 시전했었고 말이다.

그 모습이 사뭇 충격적이어서 영석은 그를 선명하게 기억했었다.

"그때 명함을 드렸었는데… 결국 학교를 그만두셨었더라고요. 그때는 조금 아쉬웠지만, 지금 이렇게 훌륭한 선수로 자란 영석 선수를 보니 제가 다 기쁩니다. 아, 저는 현재 재림이네 학교의 코치로 활동하고 있습니다."

"감사합니……."

"아, 일전의 그 녀석은 중학생 때 선수 생활을 그만두고 지금은 평범하게 군대 다녀와서 체대 졸업을 앞두고 임용고시를 준비하고 있습니다. 그래도 아직 라켓을 손에서 놓진 않고 때때로 저랑 어울리며 동호인으로 활동하고 있죠."

영석은 별로 궁금하지 않았지만, 넉살 좋은 손태양은 영석의 말이 끝나기도 전에 이름 모를 선수의 근황을 읊어댔다.

'의외군……'

폭력적인 행태를 봤었던 충격이 조금은 희석되었을까.

그만큼 애정을 갖고 제자의 평생을 돌보는 손태양의 모습이 보기 좋아서 영석은 호응해 줬다.

"그만뒀다니 아쉽네요."

손태양은 쓰게 웃었다.

"벌써 10년도 넘게 지났지만, 도원이 그 녀석은 늘 영석 선수에게 미안해하고 있습니다. 만날 수 없으니 사과도 못 했다고요. 못난 제자의 허물을 제가 지금이라도 다시 사과드리겠습니다. 정말 그때는 죄송했습니다."

"괜찮습니다."

최영태와 비슷한 연배의 어른이 진심으로 고개를 숙이며 사죄하자 영석은 머쓱해하며 최영태를 구원의 눈빛으로 바라봤다. 하지만 최영태는 씨익 웃기만 할 뿐, 끼어들지 않았다.

한편, 꿔다 놓은 보릿자루 신세가 된 이재림이 터벅터벅 걸어와서 영석의 어깨를 쳤다.

"야……."

손태양이 이재림의 시무룩한 얼굴을 보더니 머리를 쓰다듬어 주곤, 최영태에게로 가 못다 한 얘기를 시작했다.

영석은 이재림의 썩은 표정을 보며 무심하게 물었다.

"왜 그런 표정이야."

"…우승 못 했어."

이재림은 땅에 닿을 듯한 한숨과 함께 자신의 신세를 한탄했다.

"어디서 떨어졌는데?"

"4강."

"상대는?"

"…형택이 형."

"……."

'안 바뀌었군그래.'

영석은 담담하게 고개를 끄덕였다.

"스코어는?"

"4 : 6, 3 : 6."

"……."

영석이 대꾸를 안 하는 동안, 진희가 불쑥 끼어들어 위로의 말을 던졌다.

"아직 기회는 많아. 집중해야 할 건 호주 오픈 아니야?"

"…그렇지."

영석도 진희의 말에 고개를 끄덕임으로써 무언의 동의를 했다.
그러곤 강춘수에게 물었다.

"코트는 몇 면 쓸 수 있어요?"

"두 면입니다."

대답을 들은 영석이 이재림의 등짝을 팡 치며 말했다.

"호주에서 우리랑 같이 준비하자. 오늘 맛있는 거 먹고."

"…응."

                    *   *   *

"거기!!"

펑!!

코치들의 호령에 선수들이 날듯이 이리저리 움직인다.

강춘수와 강혜수는 선수들의 움직임 하나하나를 녹화하며
날카로운 눈으로 위화감을 찾는다.

"5분간 휴식."

최영태가 지시하자 세 명의 선수들은 제각각의 방법으로 숨
을 가라앉히고 있었다.

"야……."

여전히 기운이 없어 보이는 이재림을 향해 영석이 말을 건다.

이재림은 힘없이 고개를 돌려 초점 없는 눈동자로 영석을 봤다.

"뭐가 문제인데?"

시비를 걸듯 영석이 으르렁거리자, 이재림이 삐죽삐죽 말을 뱉는다.

"지는 거야 질 수 있는데… 같은 한국인들한테, 그것도 아는 사람들한테 지는 게 좀 그래. 익숙해지질 않네."

"익숙해지면 쓰나……."

재림의 솔직한 말에 영석은 나직하게 반응할 뿐, 별다른 위로의 말을 하지 않았다.

"둘이 복식이라도 나가~!"

숨을 가라앉히며 이재림의 말을 함께 들은 진희가 둘에게 호주 오픈 복식 대회에도 나갈 걸 추천했다.

작년, 아시안게임이 시작되기 전 중국으로 퓨처스 대회 하나를 치르러 갔을 때에도 복식을 추천했던 진희는 이번에도 두 명의 남자들이 함께하기를 원했다.

"…어쩔래?"

영석의 물음에 세뱃돈을 받은 아이가 눈치를 보며 조심스러워하듯, 이재림이 꼬물꼬물 말을 뱉었다.

"그때 안 된다고 하지 않았어? 코치님 말씀도 그렇고……."

"단식에 영향이 갈 정도면 안 된다는 거겠지. 기분 전환 할 겸 참가해 보자."

"네가 그렇다면야……."

영석의 얘기를 전해들은 최영태는 인상을 한 번 찌푸리더니, 어쩔 수 없다는 듯 고개를 끄덕이며 허락했다.

"알아서 잘하겠지만, 날씨도 더우니 체력 문제 잘 생각해라."

라는 당부의 말과 함께 말이다.

*   *   *

2003년 호주 오픈은 약 2주간 진행된다.

시드는 서른 명가량에게 주어지며, 본선은 128강부터 시작한다.

2001년 영석은 128강에서 사핀을 만났던 것이고, 진희는 32강에서 탈락을 했던 것이다.

세계에 내로라하는 선수들은 모두 도전을 하는 대회이니만큼 규모도, 상금도 어마어마한 호주 오픈을 앞두고 영석과 이재림은 무더운 날씨에 예선전을 뚫기 위해 많은 노력을 기울였다.

펑!!!

형광색의 긴 선이 꼬리를 남기며 코트를 누빈다.

영석은 침착하게 상대의 반응을 살피며 숨을 죽였다.

펑!!

이윽고, 상대 선수의 샷이 작렬했다.

'수준이 높아!!'

영석은 공에 걸린 회전이 심상찮다는 걸 의식하면서 몸을 움직였다.

끽, 끼끽.

펑!!

얼굴도 모르는, 그리 유명하지 않은 선수였음에도, 공 하나 하나에 실린 집념과 기백이 범상치 않았다.

자신이 쏘아 보낸 공을 보는 영석의 몸과 마음이 차분하게 가라앉는다.

마음이 가라앉자 영석은 나직하게 외친다.

"이재림!! 자세 높아!"

"……!!!"

영석의 외침에 흠칫한 이재림이 저도 모르게 폈던 무릎을 탄력적으로 구부린다.

쒜엑—!

마침 상대의 스트로크가 네트를 아슬아슬하게 넘어왔다.

스핀이 거의 없이 직선에 가까운 궤도로 뻗어 오는 공이었다.

팡!!

명백히 자신의 리치에 닿지 않는 공이었음에도, 이재림은 팔 다리를 최대한으로 길게 늘여 공에 라켓을 갖다 대는 것에 성 공했다.

툭, 툭.

빈 공간을 유유히 가르며 지나간 공이 맥없이 코트 바닥을 굴렀고, 영석은 이재림에게 다가가 하이파이브를 했다.

"나이쓰!"

칵!

라켓끼리 가볍게 부딪히며 즐거운 소리를 내었고, 둘은 산뜻하게 서로를 향해 웃었다.

"컴온!!"

단식 예선에 참가할 필요가 없는 진희는 관중석에게 요란하게 두 남자를 응원했다.

*　　　*　　　*

본선 시작을 하루 앞둔 밤.

일행은 모두 모여 식사를 했다.

부모님들은 온다고 성화셨지만, 최영태가 말렸었다.

"메이저 대회마다 휴가를 쓰시면 1년에 8주 넘게 쉬시는 겁니다. 그뿐이에요? 굵직한 대회들도 수십 개입니다. 결승전에만 오셔도 좋을 것 같습니다."

라는 담담한 내용으로 말이다.

밥을 먹는 영석과 진희의 표정은 담담했다.

복식에선 제법 애를 먹었지만, 영석이 단식 예선을 여유롭게 통과했기 때문이다.

"역시 너흰 대단해."

밥을 먹다 말고 이재림이 풀썩 힘없이 웃으며 식탁으로 말을 뱉었다.

부러움과 축하, 자괴감이 여실히 드러나는 눈동자가 영석의 심기를 거스른다.

툭!!

손에 제법 힘이 들어갔는지, 이재림이 어깨를 쓰다듬으며 외친다.

"아, 왜!!"

"그게 어느 스포츠든, 현역 고등학생이 프로로 뛸 수 있다는 것 자체가 대단한 거야. 너도 대단한 선수이니까 자꾸 그렇게 기죽지 마."

"……."

예선을 거치지 않고 바로 본선에 안착한 영석과 진희를 앞둔 이재림이 더욱 의기소침해 있었다.

복식에선 영석과 함께하며 본선까지 진출하는 것에 성공했지만, 단식에서 이재림은 너무나 큰 긴장과 부담을 느꼈는지 예선에서 떨어지고 말았기 때문이다. 아니, 정확하게 실력대로인지도 모른다. 오히려 시드니 인터내셔널에서 4강에 오른 게 기적적이었다.

2002년 중국에서 열린 퓨처스에서도 복식 우승을 했기 때문에, 이재림은 단식보다 복식 세계 랭킹이 더 높았다.

바로 그 점이 이재림을 침울하게 만든 것이다.

"네가 따라잡을 때까지 계속 앞에서 가고 있을게. 지치지 마라."

"……."

영석은 결코 근거 없는 희망을 주입하지 않았다.

지킬 수 있고, 지키고 있는 것만 장담을 한다.

그 점이 이재림을 더더욱 초조하게 만든다는 것도 모르는 채.

'따라잡기는커녕 점점 차이가 벌어지니까 문제지……'

하지만 이재림은 입 밖으로 불평을 말하진 않았다.

그저 미약하게 응원할 뿐이었다.

"열심히 해라."

짝!

"밥 먹자 좀!"

손뼉으로 주위를 환기시킨 진희가 두 팔을 높게 들며 외쳤다.

단박에 꾸질꾸질한 분위기가 사라지고, 싱그러움이 그 자리를 대신했다.

일행은 모두 쓰게 웃으며 다시 밥을 먹기 시작했다.

이재림 또한 기운을 내려는 듯이 음식을 우악스럽게 입에 욱여넣었다.

＊　　　＊　　　＊

본선 명단이 확정되었다.

무려 128명의 명단이 영석의 눈앞에 펼쳐져 있었다.

영석은 우선 여자 선수들의 명단을 봤다.

그리고 단박에 헛웃음을 흘렸다.

"1번 시드 세레나, 2번 시드 비너스……. 자매들의 축제구나."

영석이 기억하기론, 이 둘은 세계에서 가장 큰 대회 중 한 곳에서 무려 결승전에서 자웅을 겨루기도 했다. 꼭 메이저 대회가 아니어도, 둘은 결승에서 자주 만났다. 그만큼 이 자매는 최고였고, 최강이었다.

"가족끼리 서로를 쓰러뜨려야 한다는 마음은 어떨까……."

영석은 멍하니 중얼거렸다.

전생에도 그렇고, 지금도 영석은 외동이었기에 상상이 되질 않았다.

'진희가 이 둘과 붙는 것도… 상상이 잘 안 되는구나.'

"킴 클리스터, 모니카 셀레스, 한투코바……."

윌리엄스 자매를 제외하더라도 쟁쟁한 이름들이 가득했다.

이들과 싸울 진희를 생각하니, 초조함의 파도가 들어차기 시작한다.

자신의 경기가 아니어서일까, 영석의 굳게 쥔 주먹이 부르르 떨렸다.

"…휴."

마음을 추스른 영석은 진희의 모습을 떠올렸다.

그 해사한 웃음을 떠올리니 신기하게 조금은 편해졌다.

부스럭.

"어디 보자……. 남자 것도 봐야지."

촤악!

영석은 다른 종이를 집어 들어서 펼쳤다.

'이거… 정말 별들의 잔치네……. 이거야. 이걸 원했다고!'

어지간한 선수라면 기부터 죽을 명단에 영석이 소름이 돋는 듯 팔을 쓰다듬으며 눈을 빛냈다.

방금 전까지 애타게 걱정했던 진희에게 죄책감이 들 정도로 신나는 마음부터 생겨났다.

'아마 진희도 그러겠지……'

쓰게 웃은 영석이 명단을 자세히 훑어봤다.

당장 시드를 받은 서른 명 정도의 선수부터가 면면이 화려하기 그지없다.

"휴이트, 애거시, 사핀, 페레로, 모야… 페……."

1번 시드부터 쭉 읽어나가던 영석은 한 이름 앞에서 얼어붙은 듯 움직이는 걸 멈췄다.

숨 쉬는 것조차 잊은 상태로 영석은 그렇게 무겁고 깊은 침묵을 자아냈다. 좌우로 잘고 빠르게 움직이는 동공만이 시간이 흘러가고 있음을 나타냈다.

〈Roger Federer〉

영석이 숨을 멈춘 이유다.

삐이이——

1분여가 지났을까.

거듭된 침묵과 산소 결핍으로 인해 귀에서 이명이 들리기 시작했다.

"후우……."

그제야 숨을 길게 내쉰 영석은 상념을 이어갔다.

말로 뱉는 것과 다르게, 상념으론 드문드문 어순을 빼먹었다.

'페더러는… 분명 이때… 애거시가 우승을 했었지. 그래… 그래도… 만났으면 좋겠구나. 정말.'

영석은 빠르게 자신의 이름을 찾았다.

'YS… YS… 있다!!'

"허……."

영석은 자신의 1회전 상대를 보고 다시금 충격에 휩싸였다.

〈Andy Roddick〉

그곳엔, 회귀 후 자신에게 첫 패배를 안겼던 남자의 이름이 선명하게 박혀 있었다.

＊　　　　　＊　　　　　＊

본선 1라운드는 오전 11시에 치러질 예정이다. 수십 개의 외부 코트 중 한 곳에서 로딕과의 경기가 이루어질 것이다.

잔뜩 굳은 표정의 영석은 7시에 일어나 든든히 밥을 먹고 가볍게 몸을 푼 후, 30분 정도 잠을 청했다. 그리고 다시 몸을 덥혀 시합에 나가기 위한 만반의 준비를 끝냈다.

와락―

"아직 몸이 찬데?"

부드러운 여체(女體)가 영석의 몸을 휘감는다.

70kg에 가까운 진희가 고목나무에 붙은 매미처럼 영석에게 엉겨 붙는다.

초승달처럼 휜 눈에서 사랑스러움이 뚝뚝 떨어진다.

"흐……."

차갑게 굳어 있던 영석의 얼굴이 흐물흐물 녹는다.

진희가 씨익 웃으며 영석의 등을 토닥인다.

"그래그래……. 우리 영석이. 이제 몸이 좀 따땃해지는구나."

"어? 뭔가 예전에도 이런 일이 있었던 거 같은데……?"

여자치곤 굉장한 거구(巨軀)인 진희를 매달고서 영석은 장난스럽게 스쿼트를 시작한다.

"같이 시합한 게 몇 번인데… 이런 일도 있었겠지."

그렇게 둘은 둘만의 방법으로 긴장을 풀고 있었다.

"후욱……! 1회전 상대가 누구였지?"

"아키코? 일본인."

"또……?"

우뚝.

영석은 기가 차서 스쿼트를 멈췄다.

진희는 영석의 허벅지를 연신 찰싹찰싹 때리며 계속하라고 성화다.

할 수 없이 영석은 다시 스쿼트를 시작했다.

진희는 꺄르륵거리며 말을 이었다.

"뭐, 상대가 누구든 2003년의 김진희는 결코 지지 않지. 상대가 일본인이면 고마울 정도고."

"……."

남자인 영석은 소에다를 제외하면 이렇다 할 일본인 선수를
만나지 못했다.

하지만 진희는 아니었다.

일본의 여자 선수 풀이 얼마나 대단한지, 참가하는 대회마다
한 명씩은 꼭 본선에서 만났다.

대개 70~80년생들이라 진희보다 나이가 많았고, 경험도 많
았지만, 진희는 단 한 번의 패배도 허락한 적이 없었다.

스포츠 뉴스 등의 언론에선 이런 진희를 두고 '종목 불문, 역대
최고의 일본 킬러'라는 영광스러운 별칭까지 지어줄 정도였다.

지금도 영석과 진희의 일거수일투족은 대한민국에선 초미의
관심사다.

아시안게임으로 지명도를 한껏 끌어 올린 상태였고, 아직 둘
다 10대라는 점이 국민들에게 어필이 됐다.

'한국이 낳은 세계적인 천재'라고 말이다.

그래서일까.

호주 오픈엔 유독 한국인 취재진들이 눈에 많이 띄었다.

"아무튼! 이번의 내 목표는 딱 하나야."

"뭔데? 그보다… 나 그만하면 안 될까? 땀나려고 한다."

영석이 항복을 하자 진희가 볼을 부풀리며 내려왔다.

"남자는 하체야, 하체!"

"알았어, 알았어. 목표가 뭐냐고."

"…윌리엄스 자매 격파!!!"

진희가 두 팔을 번쩍 치켜들며 하늘을 향해 소리 없는 포효를 내질렀다.

그리고 고개를 내려 영석과 눈을 마주쳤다.

"……!!"

솜털이 비죽 선 팔에 애써 신경을 끈 영석이 진희의 눈빛과 마주하며 식은땀을 흘렸다.

'광기… 일까, 야망일까.'

전쟁터에서 칼 한 자루만으로 일기토를 벌이는, 그런 긴장감이 대기를 물들였다.

윌리엄스 자매와 진희의 상대 전적은 3전 3패. 세레나에게 2패, 비너스에게 1패였다.

거듭된 패배에도 불구하고 진희는 기죽지 않았다.

더 큰 의지로 자신을 세뇌했다.

과장하자면, '죽여 버리겠다'는 서늘한 살의가 진희의 눈에서 뿜어져 나왔다.

"잘할 거야. 2년 전에 내가 한 말 기억해?"

"…뭐였지?"

진희가 싸늘하게 가다듬은 마음을 유지한 채 영석에게 되물었다.

"넌 최고가 될 거야. 확실히."

　　　　*　　　　*　　　　*

　당연한(?) 절차처럼 최영태와 박정훈, 김서영이 영석과 진희에게 몰려든다.

　"준비는."

　최영태는 언제나와 같이 무심하게 물었고, 영석은 작게 고개를 끄덕이는 것으로, 진희는 브이 자를 그리는 것으로 대답을 대신했다.

　"진희 선수는 잘할 거야. 아키코가 불쌍할 정도지."

　박정훈이 괜히 설레발을 친다.

　최영태가 찌릿 째려보지만, 개의치 않는다.

　김서영은 한술 더 뜬다.

　"천에 하나 만에 하나의 확률도 없어요. 무조건 이깁니다."

　광신(狂信)이 이러할까.

　김서영의 진희 사랑은 위험한 수준이었다.

　개인적으로 간직하고 있는 진희의 사진이 이미 두꺼운 앨범으로 10개가 넘어간다고 하니 말 다 한 것이다.

　"넌?"

　최영태가 영석에게 묻는다.

　"부딪쳐 봐야죠."

　영석은 담담하게 웃으며 답할 뿐이다.

　"여어!"

강혜수가 진희와 함께 경기장으로 가는 것을 지켜본 영석이 몸을 돌려 자신의 코트로 가려 할 때, 한 남자가 큰 그림자를 드리우며 영석에게 말을 걸었다.

"…사핀."

살짝 놀란 영석이 발을 옮겨 사핀에게로 갔다.

"억……."

사핀은 영석이 다가오자 기괴한 리액션과 함께 주춤 뒤로 물러났다.

"꼬마… 진짜 많이 컸네. 와……."

손짓으로 자신의 키와 비교해 보는 사핀의 넉살 좋은 모습에 영석이 피식 웃었다.

"이제 사핀 선수를 올려다보지 않아도 되네요."

그 말에 포함된 의미를 눈치챘을까, 사핀은 제법 진지한 어조로 답했다.

"꼬마, 아니… 이제 꼬마라 안 부르마. 넌 한 번도 날 올려다 본 적이 없었어."

"…그런가요?"

와락!

사핀이 푸근한 웃음을 지으며 영석을 안았다.

"다쳤다는 소식에 걱정 많이 했어. 자, 얼른 또 재밌게 시합하자고."

영석은 그 말에 기분 좋게 웃으며 사핀의 등을 토닥였다.

"기대되네요. 당신과의 시합은 늘 재밌었어요."

*　　　*　　　*

사핀과 헤어진 영석은 옆에 있는 강춘수에게 대뜸 물었다.

"춘수 씨. 제가 테니스 시작하고 몇 번 패배했는지 알아요?"

"연습 시합 포함입니까?"

"뭐든요."

강춘수가 가만히 생각해 보더니 답했다.

"한 스무 번 되지 않겠습니까?"

"스무 번… 이라."

"……."

영석은 몽실한 느낌의 웃음을 지었다.

"일단 연습이었지만, 우리 최영태 코치님한테 그 정도 졌을 걸요? 한 10살 때였나. 이길 때까지 해본다고 덤볐다가 계속 졌죠. 그리고 선수들에게 진 게 총 여섯 번? 일곱 번 정도 될 거예요. 생각해 보니 나 별로 안 졌구나."

"……."

참가한 대회가 극도로 적었고, 대단치 않은 대회들이 대다수여서 그렇지, 영석의 2001, 2002, 2003년 승률은 모두 100%였다. 3년을 합쳐봐야 80전도 안 되지만 말이다.

강춘수는 가만히 영석의 말을 들어주었다.

"그리고 나에게 '시합'에서의 첫 패배를 선사한 선수가… 바로 오늘 만나는 선수죠. 로딕. 잊히질 않아요. 겨우 열몇 살 먹은 애가 꽂아내는 서브에 당한 그날의 기억이."

영석이 시리게 웃었다.

'9번 시드……'

영석과 달리 한 자릿수의 시드.

그것이 의미하는 바는 간단하면서도 컸다. 세계 톱 10 안에 든다는 것이다.

"드디어 이날이 왔어요. 나에게 첫 패배라는 역사를 새긴 상대와의 재대결."

"영석 선수는 이길 겁니다."

강춘수가 정갈하면서도 단호한 어조로 영석의 사기를 복돋았다.

Chapter 40
청산(清算)

이례적인 폭염이 조금은 잦아들었다지만, 여전히 호주는 뜨거웠다.

　그 더위가 어느 정도인지를 말하자면, 코트에서 아지랑이가 길쭉하게 피어오를 정도였다.

　"흑……."

　더운 공기가 들숨으로 입안을 맴돌다가 폐로 들어간다.

　후끈한 느낌이 가슴께에서 맴돌다가 피로 녹아드는 기분이다.

　유일한 휴식처는 눌러쓴 캡의 챙에서 생기는 얄팍한 크기의 그늘.

　그것이 영석의 시야를 또렷하게 만들었다.

　"오랜만이다."

선수 입장이 끝나고 영석과 마주한 로딕의 첫 대사였다.

"날 기억해?"

의아한 영석이 되물었다.

로딕은 피식 웃으며 고개를 끄덕였다.

"기억하고말고. 이젠 나보다 더 컸구나."

"······."

영석이 아무런 말도 하지 않자 로딕이 유쾌하게 웃는다.

이목구비가 동글동글하면서도 선명한 쾌남의 미소가 햇살을 받아 반짝인다.

"재밌겠어."

"그래."

그렇게 둘의 해후는 짧게 끝났다.

못다 한 얘기는 공으로 나누면 된다.

그게 테니스 선수의 대화법이다.

*   *   *

1세트의 서브권은 로딕이 얻었다.

영석은 신중한 눈으로 로딕의 서브를 지켜보았다.

훅!!

1류의 선수 대부분이 그러하듯, 로딕의 토스는 굉장히 높게 솟아올랐다.

일정한 리듬에 맞춰 하체, 특히 골반 부위가 도드라지게 꿈틀거린다.

휙!

비튼 몸의 탄력을 이용해 가볍게 몸이 둥실 떠오른다.

억지로 뛰는 게 아닌, 자연스럽게 떠오른 몸을 공중에서도 탁월하게 컨트롤한다. 체간(體幹)이 비범하다는 방증이다.

그리고 어깨를 뽑아 던지듯 공을 향해 스윙을 한다.

손목, 팔꿈치, 어깨… 서브에 필요한 모든 관절이 비상식적으로 유연하면서도 질긴 특성을 보인다.

'팔이 어떻게 저렇게 움직……'

쾅!!

영석이 채 상념을 이어가기도 전에 로딕의 라켓이 공을 강타했다.

번쩍!! 하는 느낌과 함께 영석은 황망한 의식을 붙잡고 자연스레 반응하는 몸을 컨트롤했다.

"어!!"

틱―

툭. 툭.

"피프틴 러브."

영석이 비명과 함께 팔을 쭉 뻗어봤지만, 공은 라켓 테두리에 살짝 스치고 말았다.

그야말로 창졸지간에 벌어진 일.

초속, 종속이 모두 탁월한 로딕의 서브는 과연 명불허전이었다.

'세계 최고의 서브……'

영석은 또르르 구르는 공을 바라보며 뇌까렸다. 전광판엔 230㎞/h라는 숫자가 찍혀 있었다. 영석의 서브와는 겨우 10㎞/h의 차이. 하지만 그 미세한 차이는 아득한 절망감을 끊임없이 부여했다.

'로딕의 서브보다 빠른 서브는 있을 수 있어도, 로딕의 서브보다 훌륭한 서브는 없다.'

라고 영석이 멋대로 납득했을 정도다.

공이 라켓을 떠났을 때의 스피드, 네트를 넘어 바닥에 한 번 바운드됐을 때의 속도, 코스와 깊이까지… 로딕의 서브는 어느 것 하나 부족함이 없었다.

'어릴 때도 괴물 같았던 서브가… 이제는 닿기조차 힘들구나.'

한편, 상큼하게 첫 포인트를 얻은 로딕은 로딕 나름대로 충격을 받은 상태다.

'저걸 반응할 수 있다니……'

시합 도중이었으면 가능한 일일지도 모른다.

타순이 한 바퀴 돌면 타자들이 투수의 공에 익숙해지듯, 로딕의 서브도 마냥 천하무적은 아니었다. 로딕만큼의 서브는 못 치지만, 그걸 받아칠 수 있는 능력의 선수들은 많고도 많았다.

하지만 첫 서브였다.

긴장감을 아무리 끌어 올려도 몸이 준비가 안 된 상태.

하지만 영석은 그 공에 미약하게나마 유의미한 반응을 보였다. 그것이 시사하는 바는 컸다.

'조금 있으면 온전히 리턴할 수 있는 확률이 높아진다.'

로딕의 등허리에 식은땀이 주륵 흘렀다.

소년이었던 영석의 귀기 어린 눈빛이 악몽처럼 떠올랐다.

그때는 체력과 힘, 그리고 지구력까지… 기본적인 스텟 자체가 로딕 자신이 높았기 때문에 이기는 것에 큰 무리는 없었다.

'지금은 아니지.'

로딕의 눈이 영석의 전신을 훑는다.

거대하면서도 날렵해 보이는 거체(巨體)가 윽박지르듯 기세를 피워 올린다.

께름칙했던 눈빛은 사자의 눈빛이 되어 있었다.

"방심했다간… 잡아먹히겠군."

로딕은 두 번째 서브를 위해 애드 코트로 걸어갔다.

펑!!

펑!!

첫 게임은 채 2분이 걸리지 않았다.

로딕은 한 포인트도 빼앗기지 않고 첫 번째 게임을 마무리했다.

서티 러브에서 영석이 성공적인 리턴을 구사하며 불씨를 지폈지만, 여느 때와 달리 긴장감과 초조함이 최고조에 다다른 로딕은 생사를 가르는 순간인 것처럼 초인적인 집중력을 발휘해 포인트를 빼앗기지 않았다. 하나를 허용하는 순간, 덜미를 잡힐 것 같다는 생각이 끊임없이 들었기 때문이다.

그리고 첫 번째 게임의 마지막 서브.

로딕의 광속 서브에 기죽지 않은 영석의 호쾌한 스윙이 작렬
했지만, 공은 네트에 걸렸다.

퉁… 퉁… 퉁…….

그리고 두 번째 게임.

영석의 서브 게임이 시작됐다.

*　　　　*　　　　*

"후읍!!"

쾅!!

세계 최고의 서버를 상대해서일까.

영석은 자신도 모르는 사이에 몸에 힘이 들어가는 걸 느꼈다.

쿵!

아니나 다를까.

어중간한 코스로 들어간 공은 로딕에게 좋은 먹잇감이 되
었다.

"습!"

펑!!!

대포알 같은 로딕의 포핸드가 작렬했다.

상의가 펄럭여서 자신의 배가 드러날 정도로 몸의 회전을
잘 이용한 로딕의 포핸드 스트로크는 영석이 몸을 바삐 움직이
게끔 만들었다.

"쳇."

짧게 혀를 찬 영석이 애드 코트로 쏘아지는 공을 쫓아갔다.

끽, 끽!

그 모습을 바라보는 로딕의 동공이 격하게 떨린다.

'무슨… 저렇게 빠르다니!!'

육중하게 움직여야 할 영석의 몸뚱이가 가볍게 날듯 움직인다. 비상식적으로 보이는 그 모습에서 영석이 어린아이였을 때의 모습을 발견한 로딕이 웃는다. 단단한 의지를 엿볼 수 있는 웃음이다.

쾅!!

공을 잘 따라잡은 영석이 낚아채듯 손목의 힘을 이용해 공을 되받아쳤다.

쉬익—

네트를 훌쩍 넘은 공이 큰 포물선을 그리며 맹렬하게 땅에 꽂힌다. 그리고 연어처럼 힘차게 튀어 올랐다.

긴박한 상황에서 처리한 것치곤, 날카로운 톱스핀이 잘 걸린 좋은 공이었다.

'코스까진 예리하지 못했어.'

영석은 전신을 팽팽히 긴장시켰다.

그리고 로딕을 유심히 지켜보았다.

다닥, 탁.

공을 향해 유유히 몸을 옮기는 로딕의 스텝은 일류만이 보여줄 수 있는 모습이었다.

속도 또한 영석과 비교해도 크게 부족하지 않았다.

'서브를 잘하는 선수가 저렇게 빠르다니……'

로딕의 백핸드는 투 핸드 백핸드.

두 손으로 바투 잡은 푸른색 라켓이 햇빛을 받아 번쩍번쩍거린다.

높게 솟아오른 영석의 공을 향해 휘둘러지는 라켓에서 안정감이 느껴진다.

"끄응!"

펑!!!

후웅.

적당한 높이, 적당한 스핀, 적당한 속도로 쏘아져 오는 공을 바라보는 영석의 눈빛이 영활하게 빛난다.

'서브, 스텝, 속도, 포핸드 스트로크… 모두 훌륭해. 또다시 길어지겠군.'

끽!

그 자리에서 짧게 잔발 스텝 한두 번을 밟은 영석이 공을 향해 거력을 쏟아붓는다.

쾅!!!

공이 다시 로딕의 좌측으로 쏘아져 들어갔다.

다시 백핸드를 쳐보라는 영석의 의도가 다분히 드러난 공이다.

쉭―!

공이 파공음을 내며 짓쳐 들어갔다.

로딕이 눈을 빛낸다.

'그 틈새를 찌르고 들어오다니…….'

조금의 미진한 부분이 있으면 바로 달려들어 목을 물어뜯는 맹수의 기세와 다름없다.

모든 프로는 그렇게 행동한다.

다만 로딕은 영석에게 더 큰 경각심을 갖고 있을 뿐이다.

'그럼 이건 어때?'

퉁!!

로딕이 순간적으로 힘을 빼 절묘한 드롭을 시도했다.

타다다다닥!!

타다다닥!

그 순간, 두 남자는 누가 먼저라 할 것 없이 네트를 향해 달려들었다.

'그럴 줄 알았어.'

영석이 시리게 웃으며 맞은편에서 달려오는 로딕을 봤다.

우연일까.

공에 신경을 써야 할 선수들이 잠시나마 서로의 눈을 바라봤다.

0.5초가 채 안 되는 그 순간 둘은 많은 것들을 교환했다.

그리고 거울에 비추듯, 닮은 표정을 지었다.

끼이이익―

드롭을 시도하며 먼저 달리기 시작한 건 로딕이지만, 영석이 미세하게 조금 더 빨리 네트에 도착했다.

긴 다리를 쭉 찢어 공을 걸어 올려야 하는 영석의 모습은 굉장히 다급해 보였지만, 공을 치고 있는 영석과 그 공을 기다리고 있는 로딕은 전혀 다른 차원에서의 공방을 예상했다.

'로브.'

영석이 그리 마음먹자, 라켓이 자연스럽게 움직인다.

팡!

공에 라켓에 닿는 순간, 로딕은 기가 막히게도 빠르게 백스텝을 밟기 시작했다.

로브의 방향까지 완벽하게 예측한 움직임이었다.

'너도 예상했구나.'

영석은 잠시지만 눈앞이 아찔했다.

휘릭, 쉬익—

펑!!

높게 뜬 공은 적절한 타이밍에 백스텝으로 자리를 확보한 로딕이 손쉽게 스매시로 처리했다.

로딕은 곧바로 고개를 살짝 숙이고 어깨춤에 손을 올려 옷을 위로 당기더니, 뒤돌아서 볼키즈에게 손을 뻗었다. 타올을 달라는 의미였다.

'……'

영상에서만 봤던 로딕의 루틴(Routine)에 영석은 포인트를 빼앗겼음에도 작게 웃음 지었다.

*　　　*　　　*

통, 통, 통, 통, 통······.

공을 바닥에 정확히 다섯 번을 튕기며 영석은 생각을 정리했다.

두 번째 게임인 자신의 서브 게임에서 첫 포인트를 빼앗긴 선수가 보일 법한 언짢음은 없었다. 영석은 그저 앞으로의 전개를 신경 쓸 뿐이다.

'다행히··· 긴장은 풀렸어. 내가 할 수 있는 플레이를 한다.'

휙!

"······!!!"

토스를 하는 순간, 영석은 온몸에 전율이 차오르는 걸 느꼈다.

고개를 들어 하늘에 둥실 떠오른 공을 보는 영석의 시야가 극단적으로 바뀌었다.

연두색의 작은 공을 제외하면 아무것도 보이지 않은 것이다.

스르륵—

뒤로 살짝 빠져 있던 왼 다리가 뱀이 움직이는 것처럼 나긋하고 소름 돋게 오른 다리에 바투 붙는다.

다리의 움직임에 맞춰, 공을 향해 뻗어 있던 오른팔이 자연스럽게 내려오며 라켓을 든 왼팔이 머리 너머 등 뒤로 떨어진다.

'어? 왜 이리 늦지?'

영석은 자신의 몸에 벌어지는 기사를 이해할 수 없었다.

계속해서 바라보고 있는 공이 떨어지는 움직임, 자신의 몸이 서브를 위한 동작을 착착 진행시키고 있는 속도 모두 너무나 느리게 느껴진 탓이다.

마치 잠에서 반쯤 깨어 허우적거리는 느낌이다.

그리고.

"······!!"

공이 완벽한 타점에 머무르는 순간, 모든 것은 빛살처럼, 그리고 눈 깜빡할 새 스쳐 지나갔다.

쾅!!!

"······."

영석은 어리둥절해서 리턴을 준비해야 하는 것도 잊은 채 멀뚱히 서 있었다.

"피프티 서티(15 : 30)."

그런 영석의 의식을 깨운 건 심판의 선언이었다.

"······."

고개를 천천히 돌려 심판을 일견한 영석이 자신의 손을 물끄러미 내려다보고는 전광판을 향해 시선을 돌렸다.

〈229km/h〉

"······!!"

서서히, 발끝에서부터 극치(極致)의 쾌락이 자글자글 영석의 몸을 기어오른다.

덜덜덜······.

영석은 어리둥절한 상태로 해일처럼 덮쳐오는 쾌락을 맞이했고, 철푸덕 주저앉았다.

두근, 두근… 쿵, 쿵, 쿵… 쾅! 쾅! 쾅!

심장박동이 종래에 거대한 종처럼 울려 퍼졌다.

"이봐! 괜찮아?"

허망하게 서브 에이스를 당한 로딕이 네트까지 종종걸음으로 다가와 소리치자, 영석은 멍한 눈으로 로딕을 힐끗 보고는 라켓으로 바닥을 짚고 몸을 천천히 일으켰다.

심판이 괜찮냐고 물었고, 영석은 고개를 끄덕여 답했다.

'뭐지……?'

아직도 쾌락이 강렬하게 여운으로 남아 있는 자신의 몸이 신기했던 영석은 볼키즈들이 던져주는 공을 받아 듀스 코트로 걸어갔다.

통, 통, 통, 통, 통…….

공을 팅기며 영석은 상념을 지웠다.

인생을 통틀어 처음 겪어본 일이었지만, 시합 중에 딴청을 피울 수 있는 시간은, 테니스 선수에겐 허용되지 않았다.

훅!

고개를 뒤로 젖혀 높게 솟아오른 공을 다시 바라본 영석은 다시금 기이한 현상을 겪었다.

힘이 쭉 빠져 흐느적거리는 기분인데, 몸이 제멋대로 스르륵— 움직인다.

쾅!!!

진정 자신이 치는 것인지 의심이 들 정도로, 거대한 타구음이 귓가에 맴돈다.

쎄에에엑!!

공이 로딕을 향해 괴물처럼 으르렁거린다.

안색을 찌푸린 로딕이 다리를 벌려 급박하게 공간을 만들어 내고는 공에 라켓을 댔다.

퍼어엉!!

'크윽……'

그저 갖다 대기만 했는데, 로딕의 라켓에 맞은 공이 총알처럼 되돌아온다.

로딕은 저릿저릿한 손의 감각을 애써 무시한 채 영석을 주시했다.

타닥, 탁!

산보하듯 가볍게 스텝을 밟는 영석의 표정이 가관이다.

반개(半開)한 눈을 보면 영락없이 잠에 취한 것 같은 얼굴인데, 움직임은 굉장히 격렬하다.

쉭! 펑!!

제법 빠르게 되돌아온 리턴이었음에도 영석은 삽시간에 네트로 다가가 드라이브 발리로 공을 처리했다.

"서티 올(30 : 30)!"

심판은 언제나 그랬듯, 침착하게 콜을 외쳤다.

베이스라인까지 되돌아간 영석이 볼키즈에게 손짓을 한다.

타올을 갖고 도도도 달려온 볼키즈에게 풀썩 웃어준 영석이 얼굴을 한 번 훔치곤 되돌려주며 중얼거렸다.

"뭘까."

"……??"

볼키즈가 고개를 갸웃거리며 영석을 쳐다봤지만, 영석은 몸을 돌려 걸어가고 있었다.

한편 영석을 빤히 바라보는 로딕은 오른손을 강하게 쥐었다 폈다 하면서 근육의 스트레스를 해소시키는 것에 집중했다.

'이거 원……. 무지막지한 서브구나.'

로딕은 자기 자신이 상대 선수들에게 어떤 짓(?)을 해왔는지, 영석을 통해 역지사지로 알게 됐다.

'최소한 나와 동급.'

영석의 서브는 로딕의 서브가 가진 탄력이 없었다.

대신, 굉장히 무거웠다.

보통 공이 무겁다는 건 종속이 빠르다는 것을 의미하는데, 영석의 서브는 그 조건을 충족시켰다.

'그리고 미묘하게 낮아.'

영석의 키는 195㎝. 팔 길이와 약간의 점프까지 합하면 3m에 육박한다.

높은 각도에서 떨어지는 만큼 바운드도 크게 되어야 하는데, 영석의 서브는 생각보다 낮게 깔렸다. 거기에 공에 남아 있는 상식 밖의 힘까지…….

'이유가 무엇이든… 경기가 빠르게 진행되겠군.'

로딕은 서브를 준비하는 영석을 보며 촉각을 곤두세웠다.

*   *   *

쾅!!

서브가 빠르게 꽂힌다.

220㎞/h 정도 되면, 선수가 코스까지 세밀하게 조절하기란 거의 요원한 일이 된다.

끊임없는 훈련으로 몸이 완전히 감각을 이해하고 받아들여도, 아주 미세한 변화가 있으면 예상과는 다른 코스로 공이 꽂히기 때문이다.

그건 영석은 물론이고, 천하의 로딕에게도 마찬가지로 적용된다.

쉬익—

운이 좋으면 라인에 걸치며 상대방이 손을 쓸 수 없게 된다. 그렇게 되면 '서브 에이스'로 기록된다.

운이 별로라면 어중간하게 들어가기 때문에 상대가 반응할 여지를 주게 된다.

그렇게 되면 랠리는 아주 조금 길어지게 마련이다. 그렇다 해도 4구 이내에 끝나지만 말이다.

팡!!

로딕의 탄력적인 서브가 꽂히자 영석은 벼락처럼 라켓을 휘둘렀다. 아니, 사실은 로딕의 서브가 네트를 넘기도 전에 라켓은 빈 허공을 향해 휘둘러지고 있었다. 순전히 예측을 기반으로 한 움직임이다.

이 초음속의 세계에선 '확인 후 반응'이라는 당연한 알고리

즘이 성립되지 않는다.

차르륵—

예상이 썩 훌륭하진 않았는지, 라켓 면의 아랫부분에 맞은
공은 네트를 넘지 못했다.

"…후."

식은땀을 훔친 영석이 고개를 들어 전광판을 훑었다. 먼저
시합 시간이 보였다.

[76 : 03]

'음……..'

그 주변을 훑자 스코어가 나왔다.

4 : 6

6 : 4

5 : 7

6 : 4

4 : 5

앞의 숫자가 로딕의 숫자고, 뒤의 숫자는 영석의 숫자다. 5세
트 경기라 누군가가 세 세트를 선취해야 경기가 끝나는 상황에
서, 시합은 장기전으로 이어졌다.

하지만 무려 5세트가 진행되고 있는 상황에 비교하면, 소요된

시간은 물론이고 체력도 제법 온전했다. 두 선수 모두 말이다.

"⋯⋯."

관중들은 모두 얼어붙어서 일체의 소음을 내지 못하고 있었다.

테니스가 숫자 게임도 아닌데, 모두 전광판의 숫자에서 눈을 떼지 못하고 있었다.

서브의 속도가 몇이나 나왔는지 확인할 요량이었던 것이다.

영석의 서브 에이스 50개.

로딕의 서브 에이스 43개.

둘이 합쳐 근 100개가량의 서브 에이스가 터져 나왔다.

둘의 퍼스트 서브 성공률은 5세트 현재 80%에 육박했고, 퍼스트 서브의 평균 속도는 223.3㎞/h였다.

서로가 서로의 반응 능력을 웃도는 서브를 꽂아내니 자신의 서브 게임을 지키는 것이 승부를 가르는 키가 되었다.

한 번의 브레이크를 허용하면, 그 세트는 진다고 보면 된다.

그런 흐름을 양 선수가 만들어냈다.

그리고 마지막 5세트 4 : 5의 상황.

서브권은 로딕에게 있었다.

*   *   *

"폴트!!"

부심이 아웃됐다는 수신호를 보냄과 함께 크게 소리쳤다.

먼지 털어내듯 가볍게 손가락을 가져다 대는 것만으로 끊어질 것 같았던 팽팽한 분위기가 조금은 수그러들었다.

'…이 상황에서 어쩔 거냐.'

30 : 40.

매치포인트에서 영석은 로딕의 마지막 서브를 기다리고 있었다.

두근, 두근, 두근······.

여느 때완 다르다.

승리를 밥 먹듯이 한 영석이지만, 지금의 초조함은 처음 겪는다.

뒷목이 뻣뻣하게 굳어지며 안구로 피가 쏠리는 기분이다.

툭, 툭.

자기도 모르게 라켓으로 가볍게 허벅지를 한 번씩 두드린 영석이 자세를 낮추고 리턴을 준비했다.

'세컨드 서브라고 무조건 스핀 서브로 처리할 거란 생각은 버려야 해. 상대는 그 로딕이다.'

긴장을 하게 되면, 뒤통수부터 뒤꿈치까지… 모든 몸의 뒷부분이 곤두선다. 언제든지, 그게 내리치는 번개라도 영석은 반응할 준비를 끝냈다.

훅!!

긴 심호흡과 함께 로딕이 토스를 한다.

'거봐!!'

이미 5세트까지 왔다.

서로의 토스 자체로 대략의 서브는 짐작이 되는 상황.

그만큼 둘은 서로의 서브에 온 집중을 할애했다.

지금 로딕의 토스는 명백히 플랫 서브를 노리는 것으로 보인다.

'어?'

빠르게 서브 동작에 들어가는 로딕의 동작을 지켜본 영석은 작은 위화감을 느꼈다.

'스핀?'

다가올 섬광에 대비해 잔뜩 긴장되어 있던 몸이 영석의 통제를 벗어나 살짝 느슨해졌다.

그리고 로딕은 그 순간을 놓치지 않았다.

"후읍!!"

쾅!!

쎄엑—

'어……!!'

공은 속절없이 영석의 옆을 스치고 지나갔다.

느슨해진 몸에 다시 긴장감을 불어넣는 시간보다, 로딕의 서브가 작렬하고 공이 영석의 옆을 스쳐 지나가는 시간이 더 짧았다.

'듀스구…….'

"아웃!!"

"응?"

부심은 단호하게 수신호로 아웃임을 알렸다.

영석은 잠시 어리둥절했다. 자신이 '느꼈을 땐' 분명 인이었다. 조금 벗어난 느낌이 없잖아 있었지만, 최소한 선 위를 스친 것 같았다. 물론, 끝까지 공을 주시하지 않았기 때문에 장담할 순 없었지만, 선수 생활을 하며 예리하게 갈고닦은 감각은 '인'이었음을 알렸다.

"헤이! 뭐야! 아웃이라고?"

로딕은 순간적으로 혈압이 올랐는지, 얼굴이 붉어졌다.

삿대질을 하는 등의 무례한 행동은 하지 않았지만, 분노가 치밀어 오르는 걸 누구든 쉽게 알 수 있었다.

"……"

로딕이 엠파이어석으로 가 주심과 얘기를 나눴다.

매치포인트여서 그런지 필사적으로 심판에게 억울함을 호소했다.

관중들은 웅성웅성거렸다.

아웃인지, 인인지 의견이 첨예하게 나뉘는 듯, 소란스러움은 더욱 커졌다.

영석은 이런 상황에서 어찌할 바를 모르고 괜히 볼키즈에게 타올을 받아 얼굴을 쓸어댔다.

"하아……"

1분여가 흘렀을까.

로딕이 고개를 숙이고, 주심이 선언을 했다.

"게임 셋 매치 원 바이……"

짝짝… 짝짝.

박수가 듬성듬성 새어 나왔다.

'이긴 거야? 이렇게?'

영석은 찜찜함을 느꼈다.

'호크아이가 한시라도 빨리 도입이 되어야겠어……'

억울한 표정의 로딕을 보니 이겨도 이긴 것 같지 않았다.

영석이 원했던 리벤지 매치는 이런 구도의 모습이 아니었다.

"고생했어. 오늘 한 시합도 평생 잊지 못할 거야."

어쩔 줄 몰라 하는 영석이 답지 않게 꾸물거리자, 로딕이 쓰게 웃으며 영석의 어깨를 툭툭 두들겼다.

영석은 가볍게 로딕을 안았다.

"당신은 최고의 서버야."

로딕이 씨익 웃으며 영석을 바라보곤 심판에게 악수를 청했다.

뒤이어 영석이 심판과 악수를 했다.

'나는 늘 나중에 악수를 하는구나.'

그것이 의미하는 것은 단순하다.

시합에 이겼다는 것, 승리자라는 것이다.

*   *   *

대서특필(大書特筆).

1라운드, 128강이 끝나고 대한민국은 요동쳤다.

영석의 1라운드는 많은 국민들의 관심 속에서 펼쳐졌기 때문이다.

세계 톱 10위 안에 들어가는 로딕과의 대전에서 영석은 발군의 기량을 선보였고, 아시안게임 3관왕이라는 유명세와는 비교도 안 되는 관심이 쏟아져 내렸다.

정작 영석은 별 관심이 없었지만 말이다.

"대단해!! 이번 대회 최고의 업셋(Upset : 주로 시드권을 벗어난 선수가 우승 후보를 격침시키는 의미로 쓰이는 단어)이야!!"

박정훈의 호들갑을 듣는 내내 영석은 시큰둥했다.

강춘수는 음침하게 '크흠흠 크큭'거리며 연신 안경을 손가락으로 세우고 난리를 피운다.

"감사합니다."

영석이 애써 웃으며 분위기를 맞추려 노력했다.

'이거야 원… 경기보다 경기가 끝나고 나서가 더 힘들군.'

영석의 뇌리로 시합이 끝나고 난 후 벌어졌던 일이 스쳐 갔다.

"여기 좀 봐주세요."

"영석 선수! 소감이 어떻습니까?"

"…진희 선수!"

영석은 로딕을, 진희는 아키코를 이기고 당당히 본선 1회전을 통과했다.

2001년과 똑같은 결과이지만, 분위기는 상당히 달랐다.

영석과 진희 두 선수의 지명도가 아시안게임을 거쳐 월등히 높아졌기 때문이다.

안면이 있는 기자들은 멀찍이 떨어져 있거나, 다른 기자들을 말려봤지만, 소용이 없었다.

이미 영석과 진희는 '일부'의 관심을 받는 선수가 아닌, 대한민국이 관심을 갖는 선수로 성장했기 때문이다.

"잠시만요. 너무 접근하지는 마세요."

덕분에 고생하는 건 강춘수와 강혜수였다.

매니저 역할까지 하는 둘은 기자들의 접근을 차단했다.

"이 양반들이……. 공식 인터뷰 자리에서 하면 될 걸. 예의가 없어, 예의가."

최영태는 인상을 쓰고 영석과 진희를 품에 안듯 가리며 인파를 빠져나갔다.

"건방지다고 생각하진 않을까요?"

정신이 없는 와중에도 영석이 질문을 하자 최영태가 피식 웃었다.

"괜찮아. 전담 코치이자 감독인 내가 너흴 끌고 가는 걸로 비춰지면 그만이야."

안 그래도 최영태의 말처럼 카메라까지 동원되어서 영석과 진희를 조금이라도 담아내려고 발악이었다. 최영태는 그리 능숙하진 못했지만, 듬직한 모습으로 두 선수를 방까지 데려다줬다.

"후아……."

이 모든 것이 머무는 호텔의 정문과 로비에서 일어난 일이었다.

어떻게 알았는지, 머무는 호텔까지 알아낸 기자들이 영석과 진희가 타고 온 차를 포위하듯 둥글게 에워싸고는 질문을 퍼부어 댔다.

격식도, 예의도, 경우도 없는 일이었다.

"아, 미안… 조금 지쳤지?"

박정훈이 멍하니 있는 영석을 보더니 미안한 기색으로 사과를 한다.

기자 중에 유일하게 영석과 진희의 사적인 영역까지 들어오는 것이 허용된 사람들이 박정훈과 김서영이었다.

"웬걸요. 거의 지치지 않았어요. 진희 넌?"

영석이 박정훈의 걱정을 녹아내리려는 듯 푸근하게 웃으며 진희에게 말을 걸었고, 진희는 당차게 답했다.

"6 : 1, 6 : 2, 6 : 0!! 자! 날 찬양하라! 난 하나도 지치지 않았노라!"

"꺄아아아아아!! 진희 선수!!"

콩트도 아니도 근엄하게 앉아 좌중을 내려다보는 진희와 그 주변을 맴돌며 사진을 찍어대는 김서영의 모습에 일행이 피식 웃었다.

"아 참. 좀 있으면 복식 1회전 아니야?"

박정훈이 물으며 주변을 휙휙 둘러봤다.

"재림 선수는?"

이제야 이재림을 찾는 박정훈의 모습에 영석은 쓴웃음을 매달고는 핸드폰을 열어 문자를 보여줬다.

너무나 축하한다. 네 경기랑 김진희 경기는 다 봤어. 나 나름

대로 자극도 많이 받았고. 모레 있을 복식 경기 준비할게. 직접
축하 안 해줬다고 삐지지 마라.

"……."

박정훈은 그걸 보더니 잠시 말을 잇지 못했다.

'이제 10대인 애들이…….'

이 얼마나 대담하고, 성숙하고, 놀라운 모습인가.

박정훈은 가슴 가득히 차오르는 뿌듯함에 영석과 진희를 자
기 자식처럼 바라봤다.

이 자리에 없는 이재림의 모습까지 담아서.

Chapter 41
세계 최고의 복식조

일대 소란을 뒤로하고 영석과 진희는 차분히 다음 경기를 준비했다.

여전히 호텔 주변을 어슬렁거리는 기자들이 짜증을 유발했지만, 호랑이 같은 모습의 최영태를 보곤 아무도 접근하지 못했기에 코트로 이동해 연습을 하는 등의 스케줄에 아무런 영향을 받지 않았다.

〈이영석, 김진희 둘은 이미 커플 사이?〉

라는 자극적인 타이틀의 신문 기사도 났었다.

담담하게 주머니에 손을 넣고 걷고 있는 영석과, 영석의 팔을 안고 같이 걸음을 옮기는 진희의 뒷모습을 도촬한 뒤, 기사를 내보낸 것이다.

"이 파렴치한들이……!!"

박정훈이 분노를 표했지만, 진희는 의연했다.

"커플 맞는데 뭐 어때요. 근데 무단으로 사진을 사용한 건 어떻게 신고 못 하나요?"

강춘수가 재빠르게 답했다.

"안 그래도 두 분을 위해 한신은행 측에서 방안을 고려하고 있다고 합니다. 영석 선수의 부모님이 법조인이시니까, 김 대표가 두 검사님과 함께 잘 얘기하실 겁니다."

"맞다. 아저씨랑 아주머니가 검사셨지. 왜 그 쪽으로 생각을 못 했지?"

진희가 귀엽게 고개를 까닥이자 영석이 피식 웃었다.

한편으로 한신은행은 말 그대로 대박을 터뜨리고 있었다.

호주 오픈에 맞춰 내보낸 광고와 영석과 진희의 입간판 등을 이용한 마케팅이 훌륭한 성과를 나타내고 있었기 때문이다.

일각에선 '선견지명'이라며 한신은행의 테니스 후원 자체를 조명하기도 했다. 후발 주자로 따라붙으려는 시도도 제법 많았지만, 싹수가 보이는 선수 자체가 몇 안 되는 시점이라 불발로 그쳤다. 한신은행은 테니스를 이용한 마케팅에서 독보적인 위치에 오른 것이다.

"알아서 잘해주시겠죠."

"맞아, 맞아. 춘수 씨랑 혜수 언니를 믿어요."

영석과 진희가 무조건적인 믿음을 보이자 강춘수와 강혜수
는 씨익 웃어 신뢰에 답을 했다.

＊ ＊ ＊

복식 1회전을 치를 날이 다가왔다.
"야, 뭘 그렇게 긴장해 있어."
이재림이 까불까불대며 영석의 긴장을 풀어주려 했다.
요 얼마간 동안 얼굴을 보기 힘들어서 걱정이 됐던 이재림
이 오히려 밝은 모습이었고, 항상 담담했던 영석은 반대로 침
울한 얼굴이었다.
Bob Bryan, Mike Bryan.
이 둘이 어떤 선수인지 이재림은 잘 모르는 것 같았다.
이번 2003년 호주 오픈 남자 복식의 2번 시드라는 사실만
알고 있는 것 같았다.
'하긴… 아직 최고로 유명세를 떨칠 때는 아니니까……'
브라이언 형제.
마이클 칼 브라이언(마이크)과 로버트 찰스 브라이언(밥)이
그들의 풀 네임이다.
쌍둥이 형제인 두 사람은 복식 선수로 살아가기 위해 태어
난 형제다.
100% 해당하는 건 아니지만, 복식이란 함께한 세월만큼 경
기력이 향상된다. 그런 면에서 '쌍둥이 형제'라는 건 일반인들

이 인지하지 못하는 영역에서의 교감을 이뤄내기에 충분한 조건이 된다. 그뿐 아니다.

밥은 왼손잡이, 마이크는 오른손잡이로 복식에서의 약점이 없다.

서로 말할 필요도, 눈빛을 주고받을 필요도 없다.

흐름에 맞춰 둘은 하나의 몸처럼 움직인다.

그 정도의 경지는, 영석은 감히 재단할 수 없었다.

'이길 수 있을까?'

단식에서 붙는다면 두 형제 모두 100번 붙어서 100번 다 이길 수 있다.

하지만 복식이라면 얘기가 다르다.

복식은 두 선수의 기량을 제외하고도, 승리에 영향을 미칠 수 있는 요인들이 너무나 많았다.

선수의 기량은 20% 정도밖에 차지하지 않는다.

"……."

영석은 이재림을 빤히 봤다.

"왜, 왜?"

웃음 짓고 있어서 몰랐었는데, 이재림의 눈 밑이 새카맣다.

코 밑으로는 수염이 시든 잡초처럼 거뭇거뭇 자리 잡고 있었다.

"가자."

마음이 짠해진 영석이 괜히 이재림의 등을 팡팡 두드리며 걸음을 옮겼다.

"아! 왜 때려!! 야! 같이 가!!"

이재림이 허겁지겁 영석의 뒤를 따랐다.

*   *   *

'어?'

펑!!

쉬익—

영석은 시야에 위화감을 느끼곤, 네트 앞에서 잠시 멈칫거리
는 커다란 우를 범했다.

빛나는 눈동자를 한 밥 브라이언이 날카롭게 그 틈을 후벼
팠다. 일말의 망설임도 없는 승부수였다.

"야!!"

이재림이 다급하게 뛰어가 영석이 못 받아낸 공을 퍼 올렸다.

슝—

공이 큰 포물선을 그리며 밥 브라이언의 키를 넘기고, 마이
크 브라이언의 키를 넘겼다.

…그리고 라인도 넘겼다.

"아웃!"

부심이 소리쳤고, 심판은 중얼거렸다.

"서티 올(30 : 30)!"

영석은 순간적으로 정신을 놓은 것에 대해 심한 자책을 시
작했다.

'머저리 같으니라고……'

고개를 흔들며 관자놀이를 꾹꾹 누른 영석은 쌍둥이 형제를 가만히 바라보며 중얼거렸다.

'왼손잡이가 밥, 오른손잡이가 마이크.'

가뜩이나 생긴 게 완전히 똑같고, 모자부터 시작한 모든 장비들이 똑같은 쌍둥이 형제는 누가 누구인지 구분이 되질 않았다.

현란하게 스위칭(Switching : 서로의 위치를 바꾸는 것)하는 걸 보노라면 누가 누구인지, 어떤 상황인지조차 잠시 잊게 된다.

'분신술도 아니고……'

몸을 좌우로 미약하게 흔들며 발리를 준비하는 둘을 보는 영석의 뇌리로 데칼코마니가 떠올랐다.

툭—

"정신 차려!"

오히려 투지에 불타서 집중력을 한계 이상으로 끌어 올리고 있는 쪽은 이재림이었다.

혼을 불사르듯, 이재림은 명백히 능력 이상의 기량을 선보이고 있었다.

"…그래."

1세트 스코어 3 : 3.

일방적일 거라는 영석의 짐작과는 달리, 초반이라지만 경기는 팽팽하게 유지되고 있었다.

복식의 전략 전술이 몸에 익지 않는 영석과 이재림이 스코어를 따게 되는 요인은 딱 두 가지다.

퉁, 퉁, 퉁, 퉁, 퉁…….

"후읍!!"

꽝!!!

벼락이 꽂히는 것처럼 섬뜩한 섬광이 브라이언 형제의 사이를 찢어발기며 스쳐 지나간다.

〈230km/h〉

전광판을 슬쩍 본 영석이 목을 좌우로 가볍게 비틀며 한숨을 쉰다.

"후우……."

영석의 눈동자에 잠시 머물렀던 혼란이 가라앉았다.

"……."

항거할 수 없는 강렬한 서브는, 복식 경기에서도 그 위력을 톡톡히 발휘했다.

같은 복식조인 이재림조차 영석의 서브에는 진저리를 쳤다.

'컨디션이 안 좋아도… 서브는 실력대로 나오니까.'

영석이 숨을 뱉으며 자신이 쥐고 있는 공을 주시했다.

이재림에게 미안한 마음이 울컥 솟아난다.

"이 내가 이름값에 겁을 먹다니……."

강자와의 싸움에선 늘 두 팔 걷어붙이고 투지를 불사른 자신이 조금이나마 위축되었다는 사실이 못내 영석의 마음을 어지럽힌다. 그것이 복식이기 때문이라는 변명을 늘어놓으려는 자신에게 혐오감이 치솟았다.

'내 서브 게임은… 모조리 다 에이스다.'

영석 특유의 차가운 투지가 슬금슬금 코트에 퍼져 나간다.

획—

공을 평소보다 조금 더 높게 띄운 영석이 아시안게임에서 다시 선보였던, '점핑 서브'를 시도했다. 빈 공간을 채워줄 이재림을 믿고 마음껏 온몸의 모든 능력을 다 동원한 영석의 '진정한 서브'가 코트에 재림했다.

휘리리릭— 콰앙!!!

테니스 웨어 상의가 명치까지 말려 올라갈 정도의 역동적인 동작.

⟨235km/h⟩

"……."

"……."

선수들은 물론이고, 관중들까지 얼어붙어 아무런 리액션도 취하지 못했다.

"뭐 해. 3 : 4야."

영석이 이재림에게 다가가 어깨를 툭 밀었다.

"어? 어. 어……?"

이재림은 정신을 못 차리고 멍하니 영석의 공이 지나간 자리를 봤다.

'네트 앞에서도 정확히 안 보였어…….'

영석이 서브를 하는 동안, 네트에 달라붙어 발리를 준비했던 이재림은, 이번 영석의 서브 게임에서 절반 이상의 서브를 정확히 확인하지 못했다. 선에 찍혔는지, 인인지, 아웃인지조차 말이다.

경기가 팽팽하게 유지되는 두 번째 이유.

바로 이재림의 분투다.

통, 펑! 팡! 펑!!!

복식에서 발리는 콤마 단위의 반응을 필요로 한다.

그리고 이재림은 지금 명백히 네 선수 중 가장 탁월한 움직임을 보이고 있었다.

발리의 '질'을 따지기 이전에, 반응 속도만큼은 이재림을 쫓아올 선수가 코트에는 없었다.

'확실히 재능이 있어!'

네트 앞에서 쌍둥이 형제와 대치를 하고 있는 이재림에게서는, 배수의 진을 친 결사항전의 의지가 뿜어져 나왔다.

그래서일까.

라켓을 휘두르는 동작이 일정한 '틀'을 벗어나기 시작했다.

라켓 면에 공을 맞춰야 한다는 대전제만 지키고, 그 외의 것은 자신이 휘두르기 편하도록 나름대로 개량한 것이다.

'복싱을 하는 것 같군.'

라켓을 들었다뿐이지, 간결한 발리에는 잽을 치듯 빠르고 가볍게 공을 처리하고, 찬스가 왔을 때는 훅을 치듯 스텝을 활용해 확실하게 포인트를 따냈다.

네 선수 중 가장 작아서 그런지, 번뜩이는 그 모습이 굉장히 빨라 보였다.

"집중집중집중집중집중집중……."

영석에게만 겨우 들릴 듯한 목소리로 끊임없이 중얼거리는 이재림에게서 영석은 귀기(鬼氣)를 느꼈다.

　　　　　*　　　　　*　　　　　*

타닥, 펑!!

끽, 펑!!

선수들은 여전히 정신없이 공을 처리하기 바빴다.

관중석에서도 그 경탄스러운 동작들에 일일이 환호를 보내주며 선수들을 격려했다.

단식과 달리 복식에서는 체력과 지구력이 상대적으로 덜 요구된다.

그리고 그만큼의 여력(餘力)을 온전히 다른 부분에 쏟는다.

한편, 영석은 초조해지기 시작했다.

'이제 실력대로 스코어가 벌어지기 시작했어…….'

거의 무조건적으로 게임을 가져갈 수 있는 건 영석의 서브 게임뿐이었다.

하지만 단식과 다르게 복식에선, 한 사람이 네 게임에 한 게임에서만 서브권을 가진다.

즉, 한 세트에서 많아야 세 게임 정도만 확실하게 가져갈 수 있다는 뜻이다.

단순한 이유다. 선수가 네 명이기 때문이다.

"후우……."

3세트 현재.

영석과 이재림은 궁지에 몰렸다.

1세트는 6 : 3으로 가져갔다.

하지만 2세트부터 브라이언 형제는 제 실력을 발휘하기 시작했고, 이재림의 집중력도 빠르게 소진되기 시작하며 2 : 6으로 2세트를 빼앗겼다.

그리고 현재 3세트스코어는 2 : 5.

매치포인트를 앞두고 있었다.

"……."

칵— 하는 소리가 나게끔 라켓을 서로 맞부딪히며 '나이스!'를 외치는 패기는 사라진 지 오래다.

브라이언 형제는 자신들의 트레이드마크인 파이팅 포즈를 수십 번 취했다.

공중으로 점프해 서로의 몸을 부딪치는 것이 그것이다.

영석은 벌겋게 충혈되기 시작한 이재림의 눈을 차마 마주하지 못했다.

차원이 달랐다.

겉핥기식으로 복식을 해왔던 영석과 이재림이 손쓸 수 있는 방도는 거의 없었다.

전략, 전술, 호흡, 경우의 수에 대한 훈련까지……. 그 모든 것에서 영석과 이재림은 브라이언 형제에 미치지 못했다.

개인의 기량이 통하는 건 어디까지나 1세트에 한해서였다.

"얀마……."

영석이 나직하게 이재림을 불렀지만, 이재림은 아무 말 없이 베이스라인에 바투 붙어 섰다.

마지막 게임은 공교롭게도 이재림의 손에서 서브가 시작되어야 했다.

후웅!!

공이 둥실 떠오른다.

"흡!"

휘리릭! 틱!!

쉬익—

퍼스트 서브는 어이없게도 라켓의 테두리에 맞아 관중석으로 날아갔다.

"폴트!!"

굳이 외쳤어야 했나 싶을 정도로 우렁찬 부심의 선언이 적막한 코트를 더욱 차갑게 식혔다.

"……."

영석은 가만히 있었고, 이재림은 볼키즈에게서 수건을 받아

빠르게 얼굴을 훔쳤다.

아니, 정확히는 눈가를 훔쳤다.

'실수가 아니라, 안 보였던 거구나……'

영석의 마음이 욱씬거리기 시작했다.

눈물까지 흘리며 분을 삭이는 이재림의 모습을 본 순간, 배꼽 아래에 있는 뜨거운 덩어리가 속을 뒤집어놓기 시작했다.

"……"

후욱—

"합!!!"

펑!!!

세컨트 서브는 모두의 예상을 깨고 엄청난 플랫 서브였다.

'좋아!!'

완벽하게 와이드로 잘 찍힌 서브에 내심 환호를 지른 영석이 집중력을 한없이 끌어 올렸다.

"나한테 보내. 나한테. 나한테……"

'죽여줄 테니까'라는 말을 삼킨 영석이 서슬 퍼런 안광으로 브라이언 형제를 쏘아본다.

몸에서 뿜어져 나오는 아우라가 칼처럼 변해 사람을 벨 듯 넘실거린다.

그것은 기민하게 움직여야 하는 선수들의 몸을 한없이 시리게 만들었다.

펑!!

그 섬뜩한 기세 덕분일까.

마이크 브라이언은 기교를 잔뜩 부린 예각 포핸드 스트로크로 이재림에게 공을 넘겼다. 굉장히 아슬아슬한 코스로 빠져나가는 공.

자신의 기량을 뽐내는 것이 아닌, 철벽처럼 서 있는 영석을 회피하고자 하는 마음이 크게 작용한 공이다.

"뛰어!!"

등허리에서 솜털이 비죽 선 영석이 외친다.

쩌렁쩌렁한 영석의 사자후가 경기장 전체를 크게 진동시킨다.

타다다다다닥!!

영석의 외침이 신호라도 된 것일까.

이재림이 사력을 다해 몸을 던진다. 눈물을 흩뿌리는 와중에도 억지로 날카롭게 공을 쏘아보며 다리를 놀린다.

그러나 본인의 생각만큼, 본인의 의지만큼 몸은 따르지 않았다.

끽!

"흐압!!"

커다란 기합과 함께 이재림이 아예 앞으로 다이빙을 한다.

커다란 염원을 담아 라켓을 앞으로 쭉 뻗는다.

"제바아알!!!"

이재림이 악다구니를 씀과 동시에…….

팡!

우당탕—

라켓에 공이 닿았고, 이재림은 그대로 벤치를 향해 데굴데굴

굴렀다.

'넘어갔어!'

끼기기긱!!!

공이 네트를 넘어갈 거라 판단한 영석이 순식간에 현란한 스텝을 밟으며 네트 한가운데를 장악했다. 두 눈을 크게 부릅뜬 영석이 맹수처럼 그르렁거렸다. 접근하면 단숨에 목을 쳐낼 것 같은 위협이 모두의 숨을 죽이게끔 만들었다.

"…Shit."

드넓은 코트가 그 순간 굉장히 협소하게 느껴졌다.

상대로서는 당황할 법도 했지만, 그 순간에도 밥 브라이언은 냉정했다. 아니, 냉정하게끔 자신을 컨트롤하며 순간적으로 가장 합리적인 방안을 내놓았다.

퉁—

이재림이 넘긴 공을 그대로 로브 발리로 처리한 것이다.

"큭… 스읍!!!"

영석이 이를 앙다물더니 크게 숨을 들이쉰 후 귀신같이 공을 쫓아간다.

가슴이 크게 부풀어 오르며 몸이 총알처럼 쏘아진다.

두 눈에 어린 귀화가 길게 꼬리를 남기며 공중으로 흩어진다.

타다닥, 끽, 끽. 타다다닥!!

"……!!!"

"오 마이 갓!!"

모두가 그대로 경기가 끝났을 거라 예감한 그 순간에 선보인 영석의 움직임이 모두를 경악으로 몰고 간다. 도저히 믿기지 않는 엄청난 속력으로 공을 향해 돌진한 영석은, 공이 코트에 떨어지기 전에 어느새 공을 앞질러 버린 것이다.

끽, 끼긱.

'부숴주마.'

뿌드드득!!!

제자리에서 현란한 잔발 스텝을 밟으며 거리를 맞춘 영석이 발가락에서부터 힘을 끌어모은다.

그 엄청난 의지에 놀라서일까.

근육과 관절에서 비명이 자지러지게 들려온다.

쿵.

왼발로 강하게 땅을 찬 영석이 공중으로 솟아오른다.

홍, 홍!!

길쭉한 다리를 허공에서 침착하게 놀린다. 마치 보이지 않는 땅을 밟듯이.

마침내 한껏 꼰 몸을 풀어내며 두 손으로 으스러지게 잡은 라켓으로 공을 잘라 버릴 듯 신음과 함께 휘둘렀다.

쉭!!

"흡!!!"

꽈아아아아앙!!!

절정의 잭나이프.

화려한 몸놀림에 이어진 호쾌한 타구음이 모두의 고막을 터뜨리듯 무시무시하게 울려 퍼졌다.

탁.

팅, 팅.

영석이 착지함과 동시에 라켓의 스트링 몇 가닥이 끊어져 버
렸다.

씨이이이이이!!

살의(殺意)에 가까운 의지가 듬뿍 담긴 공을 마주하는 마이
크 브라이언의 동공이 크게 흔들린다.

"큭!!"

그대로 주저앉으며 항복하듯 라켓을 쥔 팔만 위로 뻗는다.

퍽!!

캉, 카랑. 드륵.

마이크 브라이언의 라켓에 맞은 공이 얄궂게도 매가리 없이
흐물거리며 네트를 넘어온다. 마이크 브라이언의 라켓은 이미
저 뒤로 날아간 상태이다.

주저앉아 오른팔을 부여잡고 있는 형제 대신, 밥 브라이언이
끝까지 집중력을 유지하려 애쓴다.

툭…….

우당탕— 펑!

코트 바닥에 한 번 몸을 퉁긴 공이 다시 바닥으로 떨어지려
는 찰나, 어느새 일어난 이재림이 공에 라켓을 던지듯 다시 슬
라이딩을 하며 엎어졌다.

하지만…

촤르르륵—

공은 네트를 넘지 못했다.

그리고 경기는 끝났다.

*   *   *

인적이 드문 공간의 벤치.

그곳에 영석과 진희, 이재림, 최영태 코치와 강춘수, 강혜수 남매… 박정훈, 김서영 기자까지 모두 모여 있었다.

무려 여덟 명이나 모여 있었지만, 공기는 무거웠다. 질척거리는 늪에 빠진 것처럼, 어떠한 저항도 할 수 없는 침묵이 커다란 압박이 되었다.

위로를 할 때는 여러 가지 노하우가 있다.

상대적으로 어른스러울 때, 노하우는 더욱 빛을 발한다.

"후우……."

하지만 영석은 지금 위로를 하지 못하고 있다.

'내가 죽을 둥 살 둥 하지 않아서다.'

나름대로 최선을 다한 경기이기는 했지만, 영석은 스스로에게 엄격했다.

'단식만큼 내가 온 정신을 쏟았었던가?'

입을 열어 무엇인가를 말해야 하는데, 목구멍을 막고 있는 거미줄 같은 것을 도저히 뚫어낼 수 없었다. 얇디얇은 그 장애물이, 지금의 영석에게는 철벽같았다.

"흑… 흑……."

이재림은 고개를 파묻고 흐느꼈다.

다 큰 남자아이가 서럽게 우는 모습이 서늘하게 다가와, 무더위조차 개의치 않게 만들었다.

"야……."

영석이 나지막이 말을 걸자, 이재림이 곧장 대답한다.

거친 호흡으로 인한 굴곡진 떨림에도 불구하고, 목소리는 곧장 뻗어왔다.

"미안해."

"…뭐가?"

갑작스러운 사과에 모두의 얼굴이 일그러진다.

이재림은 다리에 쏟아부은 소독약 냄새 때문은 아니다. 처량해서이다.

"내가… 발목 잡았어. 아시안게임 때 이후로… 아, 안 그러려고 했는데……."

"……."

이재림의 말에 영석은 할 말을 잃었다.

가슴속에서 요동치는 죄책감이 뾰족하게 날을 세워 이곳저곳을 마구 찔러댄다.

"진짜 미안. 넌 1회전에서 질 사람이 아닌데……."

사과의 방향이 달랐다.

경기의 승패가 문제가 아닌 것이다.

못난 자신에 대한 질책.

그것이 이재림이 눈물을 흘리고 있는 이유다.

"······."

콧날이 시큰해진 영석이 고개를 들어 하늘을 봤다.

어린 몸이라 그럴까.

아니, 정신이 노화해서 감정적으로 큰 굴곡을 자주 보이는 것일 게다.

그렇게 납득한 영석은 스스로가 묘하게 느껴졌다.

와락—

그때였다.

진희가 이재림을 격하게 안았다.

눈물을 줄줄 흘리는 이재림에게 감화된 것일까.

진희의 눈에서도 조금씩 수분이 모이기 시작했다.

"괜찮아. 넌 최선을 다했고, 영석이도 최선을 다했어. 누구 잘못으로 진 거 아니야."

들불처럼 거센 열등감.

영석과 붙어 다니면 괴롭고 괴롭다.

너무나 괴로워서 지치게 되면 자연스럽게 악마가 속삭인다.

〈넌 재능이 없어. 재를 봐. 똑같은 밥 먹고, 똑같은 훈련을 하고, 똑같은 세월을 보냈는데 재는 벌써 쭉쭉 뻗어나가잖아. 넌 재능이 없는 거야.〉

끝없는 자기 비하가 이어지고, 의욕이 말소된다.

···괜히 영석이 미워진다.

'나도······.'

진희는 그걸 유소년 때 심하게 겪었고, 지금도 겪고 있다.

비록 남녀라는 성별이 안전장치가 되어서 열등감은 조금 수 그러들었지만, 영석보다 세계 랭킹이 앞선 지금까지도 진희는 늘 초조함과 마주하고 하루하루를 산다.

하물며 이재림은 같은 남자다. 직접적으로 맞닿아 있는 상대.

승부욕이 없을 리가 없다. 남들의 비교도 없을 리 없다.

하지만 영석은 장난으로라도 연습 게임에서조차 대충 하는 법이 없었고, 공식 대회에서는 더욱더 가차 없이 이재림을 깨부 쉈다. US 오픈 주니어 부문은 물론이고, 얼마 전의 퓨처스 결 승까지… 수없이 많은 패배가 이재림의 마음을 갉아먹었다.

같은 성별, 같은 나이, 같은 국적, 같은 국가 대표…….

직접적인 비교가 끊임없이 이재림에게 칼날을 드리운다.

"…흑……"

그리고 마침내 복식 1회전에서 탈락을 하며 열등감과 자괴 감이 폭발한 것이다.

"……."

영석은 말없이 이재림의 손을 꽉 잡았다.

시큼한 땀 냄새, 알싸한 알코올 향과 무더위… 아무것도 느 낄 수 없었다.

그날만큼은, 엄격한 최영태도, 수다쟁이 박정훈 기자도 모두 아무런 말을 하지 못했다.

*　　　*　　　*

"후……."

친한 사람이 자신으로 인해 괴로움을 겪고 있다는 사실을 안다는 건, 당연하게도 그리 썩 유쾌한 일은 아니다.

'그러고 보면, 진희가 티를 잘 안 냈어……'

2001년 영석이 부상을 입어 병실에 누워 있을 때부터였을 것이다.

진희는 마음속에 품고 있는 거대한 열등감을 영석에게 직접적으로 표현하는 걸 지양했다.

오히려 공백기가 생겨 버린 영석의 마음을 신경 써주느라 정신이 없었다.

'재림이는 아니지.'

첫 만남부터 이재림은 영석에게 압도당했고, 위축되었었다.

하지만 영석을 제외하면 현재 대한민국 최고의 남자 유망주 선수인 이재림은, 서서히 자력으로 열등감을 깨부수기 위해 노력했다. 그리고 앞으로도 그런 시도는 계속될 것이다.

영석은 그런 주변 인물들의 감정을 이해한다.

'신물이 날 정도이지만, 이상하게도 감정이 마모되지 않아. 늘 가슴이 아파.'

'최고'라는 타이틀은 영석을 나름대로 길들였고, 영석 또한 그 위치에서의 자연스러운 반응을 몸과 정신에 익혔다. 그래도 늘 가슴이 아팠다.

'그들의 목표가 되었다면, 보답할 수 있는 건… 최고가 되는

일뿐이지.'

두 눈을 새파랗게 불태우는 영석의 의지가 섬뜩하게 방 안을 휘감았다.

Chapter 42
파죽지세(破竹之勢)

복식 1라운드에서의 혈전(血戰)은 한국의 많은 이들에게 감동을 줬다.

　졌지만, 세계 톱을 다투는 복식조와 상대하며 한 치의 꿀림도 없이 자신의 역량 이상을 발휘한 소년들에게 감동을 받은 것이다.

　이재림의 자괴감과 상관없이, 이재림은 지명도를 끌어 올릴 수 있게 됐다.

　이때까지 세계를 노릴 재목으로 판단되던 영석과 진희, 그리고 이형택에 덧붙여 이재림의 이름도 오르게 된 것이다.

　제법 조사를 열심히 한 매체는 영석과 이재림의 인연을 찾아내어 특집 기사로 다루기도 했다.

〈주니어 때의 라이벌, 한국을 이끄는 기둥들로 성장하다〉

라는 거창한 타이틀을 붙여 US 오픈 주니어, 아시안게임 단체전 복식, 퓨처스 복식 우승, 단식 대결까지⋯ 4년에 걸친 선수들의 관계를 조명하며 국민들의 관심을 이끌어내는 것에 노력을 한 것이다.

물론, 이런 일들이 한국에서 일어나고 있다는 것을 선수들 본인은 몰랐다.

"⋯이길 거야."

"응."

진희는 다짐을 하고 자신의 시합이 열리는 코트로 향했다.

한참을 울어 눈이 퉁퉁 부운 진희는, 싸늘한 안광을 줄줄 흘리고 있었다.

영석은 그런 진희의 뒷모습을 하염없이 바라보다가 강춘수에게 말했다.

"우리도 가죠."

본선 2라운드, 64강.

아직 갈 길은 멀었다.

*   *   *

꽝!!

쎄에엑!

섬뜩한 파공음과 함께 공이 무섭게 내리꽂힌다.

움찔.

상대 선수는 애써 반응하려 해보지만, 공은 휘둘러지는 라켓을 가볍게 비웃고 제 갈 길을 재빠르게 걸었다.

"게임 셋, 매치 원 바이……."

Adrian Voinea.

영석에게는 생소한 이 선수는 고개를 떨구며 네트로 터덜터덜 걸어왔다.

승리를 한 영석은 무저갱같이 깊은 눈으로 기쁨을 일절 표현하지 않고 천천히 네트로 걸어갔다.

조금은 편한 상대를 만났던 영석과 달리, 진희는 Nadia Petrova라는, 훌륭한 선수를 만나게 됐다.

하지만 진희는 시종일관 상대를 압도했다.

"하압!!"

쾅!!

절묘한 터치 감각이 이룩한 포핸드 스트로크는 빠르면서도 날카로운, 흉기가 되어 코트를 수놓았다.

"끙!!"

다다닥!!

펑!!

힘들게 따라붙어 상체를 푹 숙이며 간신히 걷어낸 페트로바의 공은, 사신처럼 우두커니 네트 앞에 서 있던 진희의 가벼운 발리에 목숨줄을 끊겼다.

"······."

관중들은 지금 벌어지고 있는 경기가 과연 메이저 대회의 본선에서 일어나고 있는 경기인지 의심하기에 이르렀다.

6 : 2. 6 : 1, 6 : 2.

프로 대 프로라고 보기 힘든, 압도적인 퍼포먼스를 보여주는 진희의 모습 덕분이었다.

*   *   *

"대전운이 좋아."

최영태가 영석의 대전표를 보고 툭 말을 뱉는다.

"······."

영석은 대답할 말이 없어 입을 다물었다.

박정훈이 어색한 공기를 비집고 들어온다.

"지금 한국은 난리가 났어. 뉴스가 아주 너희 얘기로 도배가 됐어."

2002년 월드컵과 부산 아시안게임에 이어, 대한민국은 현재 '스포츠 앓이'를 겪고 있다고 해도 과언이 아니었다.

그런 와중에, 영석과 진희, 재림의 소식은 바라 마지않는 단비였다.

"그래요?"

영석이 슬쩍 웃으며 대꾸를 하자 작게 한숨을 내쉰 최영태가 팔을 쭉 뻗어 자신보다 큰 영석의 머리를 쓰다듬어 줬다. 자신의 제자가 무엇 때문에 이리 기분이 안 좋은 것인지, 그 이유를 알기 때문이다.

"재림이는 이제 괜찮아졌어. 2라운드 때도 모자 눌러쓰고 나가서 너희 응원했었다. 너희 경기가 끝날 때까지 호주에 있겠다고 해서 그러라고 했고."

그제야 영석의 얼굴이 조금 부드럽게 퍼졌다.

펑펑 운 이후로 이재림은 부끄러운 것인지, 어떤 이유에서인지 얼굴을 비추지 않았다. 그런 이재림이 못내 마음에 걸려 영석은 마음이 불편했었다.

"그래요? 다행이네요."

방금 전의 '그래요?'와는 제법 많은 차이가 나는 영석의 말에 박정훈도 피식 웃었다.

'보기 좋아.'

유독 운동선수들의 끈끈한 의식 같은… 훈훈한 것을 좋아해서인지, 박정훈은 감격한 표정이었다.

"아, 상대는 빈센트? 였죠?"

Fernando Vicente.

2라운드의 상대와 마찬가지로, 영석이 전혀 기억하지 못하는 이름이었다.

얼굴을 보면 알긴 할 것이다. 메이저 대회의 본선은 아무나 올라오는 것이 아니기 때문이다.

하지만 그뿐이다.

"3라운드야. 모르는 선수라 하더라도 방심하지 마라."

최영태는 영석의 심리를 읽어내 따끔한 충고를 했다.

어디까지나 랭킹이 낮은 건 영석이었지만, 마치 '하수를 상대로 upset당하는 것을 조심하자'는 분위기였다.

"물론이죠."

영석 스스로도 그렇고, 최영태와 일행이 상정하고 있는 영석의 세계 랭킹은 10위권.

승률과 기량을 바탕으로 객관적으로 판단한 결론이다.

"진희 너는?"

방 안에서 침대에 누워 이리 뒹굴, 저리 뒹굴거리고 있던 진희가 대답했다.

"Patty Schnyder(패티 슈나이더)."

영석이 순간적으로 빠르게 머릿속을 뒤적거렸다.

'음……. 그 선수도 들어본 거 같은데…….'

여자 선수는 어지간한 커리어가 아니면 관심 자체가 없었기 때문에, 남자 선수에 비해 기억하고 있는 수가 적었다.

"한 번 붙어봤어. 잘하는 언니야."

말도 나눠보지 않고 언니 언니 하는 진희의 말버릇은 귀여웠다.

영석이 절로 웃음이 지어질 만큼 말이다.

　　　　*　　　　　*　　　　　*

"으아…… . 오늘은 심한데?"

3라운드가 진행되는 날.

호주의 날씨가 다시 한 번 지랄 맞게 선수들을 괴롭히기 시작했다.

딱히 일기예보에서도 언급하지 못했던 터라, 기습적인 더위는 선수는 물론이고, 관중들까지 지치게 만들었다.

"후우…… ."

영석은 인상을 있는 대로 구기며 연신 부채질을 했다.

움직여서 나는 땀이면 몰라도, 이렇게 가만히 있어도 흘리는 땀은 점성이 높아 끈적거리는 느낌을 준다.

무엇보다, 숨만 쉬어도 체력이 깎이는 것 같아서 영석은 이런 날씨를 혐오했다.

"아, 저기 온다."

진희가 멀리서 걸어오는 강춘수를 가리키며 소리쳤다.

짧은 경기용 치마와, 노출이 많은 상의 사이로 살짝살짝 보이는 속살이 영석의 눈을 괴롭힌다.

'더워도 눈이 가는 건가…… .'

별별 생각을 빠르게 하는 도중, 어느새 도착한 강춘수가 빠르게 브리핑을 시작했다.

"오전 일정은 뚜껑을 닫고 진행을 한다고 합니다. 그 밖의 일정은 야간으로 일정을 미루게 됩니다."

호주 오픈은 더위에 고생하는(?) 선수와 관중들을 위한 장치가 있다.

로드 레이버 아레나(Rod Laver Arena), 혹은 보다폰 아레나(Vodafone Arena)라고도 불리는 멜버른 파크 멀티퍼포즈 베뉴(Melbourne Park Multi-Purpose Venue) 등의 메인 코트에 해당하는 코트들에 한해서, 우천이나 폭염 등 기상 상황에 따라 조절이 가능한 개폐식 지붕을 갖추고 있다. 지붕을 닫아도 더운 건 변함이 없지만, 최소한 햇빛을 피할 수 있었다.

이렇게 실내경기로 전환할 수 있는 코트는 2003년 현재, 호주 오픈이 유일무이하다.

"그게 다 소화가 돼요?"

진희가 물었다.

김서영도 덩달아 고개를 끄덕이며 궁금증을 나타냈다.

강춘수는 여전히 막힘없이 깔끔한 말솜씨로 조리 있게 설명했다.

"1, 2라운드야 워낙 경기가 많아서 그렇게 하지 못하지만, 3라운드부터는 경기 수가 확 줄어서 어느 정도는 가능하다고 합니다. 아 참, 이런 것들도 얻어 왔습니다."

부스럭거리며 강춘수가 꺼낸 것은 평범한 흰색 조끼와 얼음팩이었다.

"저건 머리 위에 올리는 걸 테고… 조끼는 뭐예요?"

김서영이 마침내 궁금증을 폭발시키며 물었다.

패딩처럼 두터운 볼륨감을 자랑하는 조끼는 외양과 달리 굉장히 서늘한 느낌이었다.

"얼음조끼입니다. 오늘은 43도를 넘을 수도 있습니다. 선수들의 건강 상태를 위해 지급되는 걸로, 이걸 입고 있으면 조금이나마 몸을 식힐 수 있습니다."

영석과 진희의 매니저로서 받아 온 건지, 조끼는 두 개였다.

"내놔아아아아앙!"

"입기 전에… 애들 시합 일정은 어떻게 조정된 겁니까?"

최영태가 얼음조끼로 달려드는 진희를 온몸으로 막으며 물었다.

"두 분 다 야간으로 조정이 됐습니다. 지금은 마음껏 입으셔도 됩니다. 낮잠도 주무시고요."

혹시나 시합이 시작되기도 전에 필요 이상으로 몸을 식힐까 봐 염려했던 최영태는 그제야 얌전히 물러났다.

"우아아아아앙!!"

진희는 조끼를 껴안으며 볼을 비비더니, 냉큼 입어봤다.

상큼한 미녀인 진희가 흰색 조끼를 입자 미모가 더욱더 빛을 발하는 듯했다.

영석은 멍하니 그런 진희를 바라봤다.

툭!

"너도 입어봐."

어느새 남은 하나의 조끼를 손에 든 최영태가 영석의 등을 살짝 치며 조끼를 건넸다.

"……."

손에서 느껴지는 서늘함에 기분이 좋아진 영석이 빙긋 웃었다.

*　　　*　　　*

3라운드의 가장 큰 적은 선수가 아닌, 더위였다.

하지만 더위는 모든 선수에게 공평하게 작용하는 법.

얼음 팩을 머리에 얹어놓기도 하고, 얼린 수건을 이용해서 온몸을 닦고… 넉넉하게 챙겨 온 테니스 웨어로 몇 번이고 갈아입은 끝에, 호주 오픈은 3라운드를 마쳤다.

"잘했어."

최영태가 축 늘어져 있는 두 제자의 몸을 가볍게 닦아내며 말했다.

"으, 졸립고 덥고… 최악이야."

진희는 덥다고 앙탈을 부렸고, 영석은 말할 기운도 없었는지, 축 늘어져 있었다.

'몸이 커지면서 더 더위를 많이 타는 것 같아.'

2001년 호주 오픈 때도 덥긴 더웠지만, 이 정도는 아니었다.

온도 차이를 감안하고서라도, 이 끔찍한 피로감을 설명할 수 있는 건 '신체의 성장'뿐이었다.

전생에 수없이 많은 대회를 거쳤던 영석이었지만, 지금 겪는 피로감은 미증유의 것이었다.

"…똑같이 움직여도 더 많은 에너지가 소모되니까 힘든 거다."

최영태가 지극히 당연한 말을 하며 걱정스러운 눈으로 제자들을 바라봤다.

흰 피부를 자랑했던 진희는 팔뚝 살을 벗겨내며 호들갑을 떨었다.

"뱀이야, 뱀!!"

혼자 꺄하하거리며 웃던 진희는 그 자리에서 풀썩 누워버렸다.

"혜수 언니… 나 졸려요. 안마사 선생님 좀 불러주세요."

"응. 조금만 기다려."

"두 명 모셔 와."

강춘수가 첨언했고, 고개를 끄덕인 강혜수가 후다닥 나갔다.

"일단 오늘은 푹 쉬어라."

최영태는 그렇게 제자들에게 말하곤 방을 나섰다.

*　　　　*　　　　*

본선 4라운드. 달리 말하면 16강.

세계에서 가장 훌륭한 선수들이 모여 접전을 벌인 끝에 어느덧 생존자는 열여섯만 남게 됐다.

부산스럽게 호들갑을 떨던 한국의 언론들은 모두 잠잠해졌다.

'어쩌면……'이라는 생각으로 모두 숨을 죽이고 두 선수의 행보를 지켜보기에 이른 것이다.

삐이이이—

주변이 소란스러웠음에도 이명이 끊임없이 뇌를 괴롭힌다.

조금이라도 긴장을 놓으면, 대번에 시야부터 흐릿해진다.

'장난 아니군…….'

더위로 쌓인 피로감이 영석의 몸을 잠식했다.

하지만 움직임에는 전혀 하자가 없었다.

타다다닥…….

현란하며 유려한 스텝을 통해 기계적으로 공간을 창출해 낸다.

정확하게 측정하진 못해도 영석의 감각은 ㎜ 단위로 공간을 인식하고 있었다.

쉬이익! 뻥!!!

종아리로 땀이 흐르는 게 느껴졌음에도, 스윙 후 몸을 놀리는 동작에서도 최상의 컨디션을 유추하게끔 한다.

시합, 또 시합… 테니스 선수의 삶은 시합으로 가득하다.

아무리 힘들고 컨디션이 안 좋아도, 늘 최상의 퍼포먼스를 보일 수 있는 것. 그것이 바로 프로의 자격이다.

툭, 툭…….

캉!!!

"으아아아아!!"

그렇게 영석이 멋들어지게 포인트를 가져가자 상대는 라켓을 땅에 던지고 괴성을 질러댔다.

'유즈니…….'

영석의 상대는 머리를 파르스름하게 깎은 선수였다.

20대여서일까. 패기가 넘치다 못해 혈기가 왕성하여 살기가 줄줄 흐른다.

한껏 찡그린 표정에서 악마의 모습이 보이는 것 같은 기분이다.

Mikhail Youzhny.

실력으로도 유명했지만, 다른 쪽으로 더 유명해진 선수다.

〈머리에서 피가 날 때까지 라켓으로 자신의 머리를 친 테니스 선수〉

라는 타이틀의 기사가 사람들의 흥미를 끌었던 적이 있다.

그 기사의 주인공은 유즈니였다.

테니스 선수가 분노를 풀어내는 영상이나 장면은 기사로 곧잘 접할 수 있었는데, 유즈니는 '피를 본' 선수였기 때문에 더욱 유명했다.

라켓 면으로 자신의 머리를 몇 번이나 내려쳐서 피를 본 그 장면은 여러 사람들에게 섬뜩함을 선사한 것이다.

'신기하단 말이야……'

영석은 유즈니를 탐구하는 눈빛으로 바라봤다.

벌써 이번 경기에서 라켓을 집어 던진 게 다섯 번은 된다.

라켓 두 자루가 이미 찌그러지고 박살이 나서 가방에 쑤셔 박혀 있었다.

그럼에도 신기하게 유즈니는 기량에 기복이 없었다.

'나는 절대 못 하는데……'

테니스 선수도 사람이다.

생각대로 안 되고, 화가 치밀어 오를 땐 돌아버릴 정도로 화가 나기도 한다.

하지만 코트에선 그 화를 받아줄 사람도 없고, 풀어줄 사람도 없다. 순전히 홀로 감내해야 하는 것이다.

그래서 분노를 조절하는 노하우가 제각각 필요하다.

영석의 경우에는 '반성—고찰—향상심'의 과정을 중시한다.

공부를 끝까지 손에서 놓지 않으며 생각하는 훈련을 즐겼던 영석은 이 방법으로 분노를 풀곤 했다.

'방법이야 어쨌든… 강적이다.'

스코어는 압도적이었지만, 서브를 제외하면 쉽게 획득한 포인트가 없었다.

유즈니는 혈기에 걸맞게, 힘에 많은 것이 쏠려 있는 선수였다.

                    *   *   *

"아직 안 끝났어요?"

멀끔하게 샤워를 끝낸 영석이 모자와 선글라스를 끼고 강춘수와 함께 최영태 곁으로 다가왔다.

"고전… 까진 아니고……."

최영태가 영석을 힐끗 보더니 다시 코트로 시선을 던지며 툭 내뱉었다.

"홉!!"

펑!!

타다다닥, 타다닥!

진희가 공을 치고 네트로 빠르게 달려든다.

속도가 굉장했음에도, 특유의 스텝 덕분인지 가볍게 보였다.

타다닥, 탁!

"스읍!!!"

펑!!!

상대 선수도 진희 못지않게 경쾌한 움직임을 보이더니 강렬하게 팔을 휘둘러 댔다.

'한투코바······.'

Daniela Hantuchova.

세계 랭킹 10위권에 진입한 경험이 있는, 훌륭한 선수 중 한 명이다.

메이저 대회 우승은 못 했지만 꾸준히 4강권에 들었을 만큼, 기량이 출중한 선수다.

하지만 그녀가 세계적인 명성을 가질 수 있었던 이유는 따로 있다.

'진희가 한 명 더 있는 것 같아. 백인으로.'

그렇다.

한투코바가 유명세를 탄 가장 큰 이유 중 하나는 '외모'였다.

180㎝를 넘는 키에 너무나 마른 한투코바는, 온몸에 뼈와 근육밖에 없어 보이는 여리여리한 선수였다. 주먹만 한 얼굴에 선명한 이목구비까지······. 어지간한 배우와 모델들을 압도하는

외모로 유명했던 그녀는, 2003년 현재도 참으로 아름다웠다.

잘생기고 예쁜 선수들이 실력까지 어느 정도 되면 더더욱 인기가 있는 법.

'비슷해.'

영석은 외모뿐 아니라, 한투코바의 플레이 스타일을 분석해서 결론을 내렸다.

─빼어난 힘과 빠른 다리

─유연한 신체

─발군의 터치 감각

─동체 시력과 센스

한투코바도 진희처럼 '이상적인 여자 선수'에 가까운 플레이를 선보였다.

펑!!

쉬이익─

한투코바가 친 공이 빠르게 진희의 옆을 지나가려는 찰나, 진희는 팔을 쭉 뻗었다.

스으으윽─ 퉁.

쏟아지는 상체와 달리 진희는 별처럼 반짝이는 눈으로 지금의 상황이 그리 위태롭지 않다는 것을 나타냈다.

진희의 손목이 유연하고 부드럽게 라켓을 다룬다.

라켓이 마치 고무처럼 흐물거리며 공을 품는다. 그런 것처럼 보인다.

'드롭 발리……'

끽, 끽!

한투코바는 허를 찔렸는지, 순간적으로 움찔거리며 몸을 앞으로 쏟아내려려다가 이내 포기한 듯 공이 구르는 걸 보지 않고 몸을 돌렸다.

"쟤는 참… 어떻게 저런 걸 뚝딱뚝딱 해내는지……."

영석이 나직이 감탄하자, 일행은 모두 빙그레 웃으며 고개를 끄덕였다.

진희는, 유수의 플레이어를 상대로도 여전히 압도적이었다.

*   *   *

Quarterfinals.

줄여서 QF라 한다. 쉽게 생각하면 8강전이다.

1, 2, 3, 4라운드 진출도 물론 훌륭한 커리어가 되지만, QF부터는 하나의 지표로 자주 활용이 된다. 스포츠란 '기록의 경쟁'이기도 하기 때문이다.

영석과 진희는 동반으로 QF에 진출함으로써, 대한민국 테니스의 역사를 새로 쓰고 있었다.

하지만 지금 두 선수에게 그런 것쯤이야 아무런 일도 아니었다.

펑!!

펑!!

관중이 없는 빈 코트.

상의를 벗어재낀 영석이 모자를 푹 눌러쓰고 연신 몸을 움직이며 공을 친다. 오른 손목에 찬 낡은 오메가 시계가 빛을 반사시키며 번쩍거리는 것만 같았다.

"……."

펑!!

하나하나에 담긴 힘과 속력이 시합 때 못지않았다.

타다다닥!!

"윽!"

펑!!

그리고…….

놀랍게도 영석의 공을 쫓아가서 있는 힘껏 팔을 휘두르는 사람은 진희였다.

막간을 이용해서 시합에 가까운 연습을 하고 있는 두 사람의 주위로 최영태가 서성이며 한 마디씩 첨언한다.

"진희야, 공을 보고 움직이지 말고, 예상을 하고 미리 움직인다는 느낌으로."

"……."

진희는 시합 중이라 따로 대답을 하지 않고, 고개를 끄덕이는 것으로 대답을 대신하며 몸을 움직였다.

끽.

쉬익—

그러나 공은 속절없이 반대편으로 향했다.

최영태의 주문을 따르려고 했던 진희는 허망하게 공을 쳐다봤다.

"지금은 너무 미리 움직였어. 그렇게 움직이면 상대가 네 움직임을 보고 코스를 조절할 수 있게 돼. 타이밍을 적절하게 찾아보자. 그리고 이영석!!"

"네!!"

최영태가 네트 너머에 있는 영석을 불렀다.

영석이 네트까지 재빠르게 뛰어왔다.

"우선 빠르기는 그 정도로 하고, 코스를 좀 더 세밀하게. 스트레이트랑 크로스를 코트 양끝에."

"네!"

영석이 크게 대답하더니 다시 베이스라인까지 물러났다.

"……."

진희는 그 모습을 보며 아무런 말을 하지 않았다.

연습임에도, 집중력을 한껏 끌어 올린 모습이다.

퉁, 퉁, 퉁, 퉁, 퉁…….

붉게 달아오른 영석의 몸에서 땀이 기화되며 아지랑이가 피어오른다.

혹…….

늘 그랬듯, 기계적인 토스가 올라가고 두꺼운 몸통이 꿈틀거리며 약동한다.

쾅!!!

쉬이이익—

쿵.

"윽!!!"

진희가 팔을 쭉 뻗어봤지만, 공에 닿기에는 어림도 없었다.

"지금 게 아마 네가 겪을 서브일 거야. 한 210㎞/h 정도 되나?"

"……."

진희는 대답하지 않고 한껏 집중력을 끌어 올렸다.

최영태도 그런 진희를 보며 침묵을 지켰다.

진희가 리턴을 하기 위해 자리를 옮기며 입을 열었다.

"화가 나네요."

"뭐가."

최영태가 무뚝뚝하게 물었다.

"영석이를 상대로 세워야 시합에 대비한 연습을 할 수 있다는 게요."

"……."

최영태는 침묵을 지켰다.

가녀린 진희의 목소리에서 으르렁거리는 것 같은 느낌을 받았기 때문이다.

승승장구(乘勝長驅).

막힘없이 질주하는 것 같아 보이는 진희도 따지고 보면 여러 패배를 겪었었다.

4강, 8강, 결승…….

중요한 고비마다 꼭 진희를 침몰시켰던 선수'들'이 있다.

Serena Williams.

Venus Williams.

두 자매에게 패배를 당할 때마다 진희는 분을 이기지 못하고 눈시울을 붉히며 잠들기 일쑤였다.

거대한 덩치, 타고난 근육, 천성적인 센스…….

야수 같은 포효를 들을 때마다 겁먹은 토끼처럼 움찔거리던 자신의 모습이 못내 수치스러워서 평생 내뱉지 않던 욕지거리도 자주 하게 됐다.

'이번엔 달라, 이번엔.'

얼마나 강하게 이를 악물었는지, 진희의 양 볼 위로 굵직한 근육들이 볼록 튀어나왔다.

펑!!

마침 영석이 서브를 했다.

쏟아져 오는 공은 분명 윌리엄스 자매의 서브와는 비교도 안 되게 훌륭한 서브다.

'이걸 받아야, 걔넬 이긴다!'

타닥! 휙!

눈을 부릅뜬 진희가 제자리에서 간결한 스텝을 밟아 공간을 쪼갠다.

그리고 작은 궤적을 그리는 스윙으로 리턴을 한다.

펑!!

슈우욱!

공이 네트를 넘어가고, 영석이 그에 반응해서 움직이는 것이 보인다.

진희는 스텝을 밟으며 네트로 나아갔다.

뇌리에 하나의 이름이 떠오른다.

Venus Williams.

진희의 QF 상대였다.

*　　　*　　　*

타다다닥!!

내리쬐는 땡볕에도 영석은 뛰는 것에 망설임이 없었다.

덜그럭.

등에 메고 있는 테니스 백에서 라켓들이 서로 부딪히며 소음을 만든다.

하지만 지금 영석에게는 들리지 않는 소리였다.

지금 그는, 본인의 거친 숨소리도 들리지 않는 상태일 정도다.

"여, 영석 선수!! 같이……."

카메라와 삼각대 등의 촬영 장비가 들어 있는 가방을 품에 안고 강춘수가 허겁지겁 따라온다.

"……."

그제야 잠시 멈춘 영석이 고개를 들어 하늘을 바라보며 찰나의 판단을 하더니, 다시 뛰기 시작했다.

"먼저 갈게요. 천천히 오세요!!"

찬물로 매끈하게 씻겨낸 몸에서 다시 땀이 송글송글 맺혔지만, 그런 것들은 전혀 중요치 않았다.

'진희야…….'

뜀박질에 더욱 가속도가 붙었다.

"헉, 헉……"

관중석 중, 선수 관계자들이 앉아 있는 자리에 영석이 도착했다.

짝짝짝…….

방금 하나의 포인트가 끝났는지, 의례적인 박수가 여기저기서 짧게 터져 나왔다.

"왔냐?"

이재림이 수건을 하나 건네주며 영석을 반겼다.

진희의 경기를 집중해서 보고 있었는지, 미간에 잡힌 주름이 선명했지만, 복식 1회전에서의 패배를 떨쳐낸 듯 산뜻한 얼굴이다.

차갑다 못해 시린 냉기가 연기처럼 일렁이는 차가운 수건을 받아 든 영석은 묵묵히 얼굴을 닦아냈다.

"…어때."

슥, 슥, 슥…….

받은 수건으로 티셔츠 안의 몸통까지 골고루 닦으며 영석이 물었다.

"넌 어땠는데? 잘했어?"

최영태가 묻자 영석은 보고를 하듯 짧게 말했다.

"6 : 4, 4 : 6, 6 : 4, 3 : 1입니다. 마지막 4세트에서 상대가 기권했어요."

"…잘했어."

최영태가 고개를 끄덕이더니 다시 경기장으로 시선을 던졌다.

영석은 전혀 섭섭해하지 않고 자신도 고개를 돌려 코트를 바라봤다.

'진희야……'

잔뜩 굳은 얼굴로 고개를 까닥이는 진희를 본 영석의 심장이 크게 울린다.

맞은편엔 흑표범이 자동으로 연상되는, 검은 여전사가 자신의 피부와 대조되는 새하얀 눈동자로 사방을, 그리고 진희를 쏘아보고 있었다.

"이제 1세트 끝났어, 심호흡 좀 해라. 너도 지쳤을 텐데……"

이재림이 최영태 대신 영석의 몸 상태를 걱정하며 음료수를 건넨다.

꿀꺽, 꿀꺽…….

목젖을 아릿하게 만드는 청량한 액체가 몸으로 들어가자, 혈압이 떨어지는 것 같은 기분이 든 영석은 심호흡을 하며 들뜬 몸을 가라앉혔다.

찌이이잉—

순간적으로 어지러워지며 약간의 빈혈기를 느낀 영석은, 고개를 들어 진희를 바라봤다.

흐릿한 시야 안에서 진희는 코트 구석구석을 누비며 당당하게 비너스와 대전을 치르고 있었다. 그 광경 위로 방금 전 자신이 물리친 선수와의 대전이 떠오른 영석은 지친 몸을 의자에

뉘며 자연스럽게 상념을 이어갔다.

*　　　*　　　*

　Younes El Aynaoui라는 모로코 선수를 만났을 때 영석이 했던 말은 딱 하나다.

　"누구지?"

　로딕을 제외하면, 2, 3, 4라운드는 물론이고 QF에서도 이름 값이 높은 선수를 만나지 못했다.

　메이저 대회에서 이만큼 대전운이 좋기란, 거의 드문 일이었다. 오죽했으면 언론에서는 이런 표현까지 쓰며 설레발을 떨었다.

　(우승할 수 있는 천재일우(千載一遇)의 기회!)

　하지만 영석은 긴장할 수밖에 없었다.

　스스로도 이름값이 없긴 매한가지다. 즉, 자신이 감히 누군 가를 평가하는 것은 언어도단(言語道斷)이기 때문이다.

　그것 외에도 영석이 긴장한 이유는 따로 있었다.

　'휴이트를 꺾었다고……?'

　그렇다.

　Younes El Aynaoui라는 선수는 4라운드에서 이번 2003 호주 오픈 1번 시드에 빛나는 '그' 휴이트를 접전 끝에 물리치고 올라온 것이다.

지금의 휴이트는 세계 최고를 달리고 있는 선수다.

영석이 로딕을 이겼다지만, 그것과는 비교도 안 되는 업셋(Upset : 주로 랭킹이 낮은 선수가 우승 후보 등을 물리치며 파란을 일으킨 경기)이었다.

"……."

190cm를 조금 넘는 키.

팔다리가 조금 길고 전체적으로 날렵해 보인다.

그리고 레게머리까지.

개성이 차고 넘치는 Younes El Aynaoui는 본인의 이름값보다 훨씬 훌륭한 실력과 성적을 보이고 있었다.

"읍!!"

꽝!!!

1세트.

영석의 서브 게임으로 시작된 경기는 QF치고는 적은 관중들을 배경으로 전개됐다.

아직 흥행을 이끌기엔 두 선수의 실력과 이름값이 조금 부족하다고 여겨지기 때문이었다.

쉬이익—

"……."

유니스(Younes El Aynaoui)는 자신에게 짓쳐들어오는 공을 침착한 눈으로 바라보다가 라켓을 대었다.

'반응이 빨라!'

슈웅—

하지만 무려 로딕과의 서브 대전에서 승리를 거두며, 일약 세계 톱 서버로 발돋움한 영석의 서브는 그리 호락호락하지 않았다.

유니스의 리턴은 미약했고, 공 또한 어중간한 위치로 향했다.

대기를 가르며 공을 향해 뛰어가는 와중에도 영석의 머리는 끊임없이 계산했다.

영석의 눈에는 지금 이 포인트를 끝낼 방법이 8가지 이상 떠올랐다.

'반응을 보건대… 눈이 좋군. 다리도 한번 볼까?'

쉬윅!

펑!!!

듀스 코트에서 서브를 시작한 영석이 머릿속으로 그렸던 루트 중 하나.

'오픈 스페이스로 길게. 너무 세밀할 필요는 없어.'

공이 뻗어갔고, 유니스는 거침없이 공을 쫓아갔다.

끽, 끼기기긱!!

'빠르군.'

키에 비해 훌륭한 민첩함과 속도를 자랑한 유니스는 달려가서 팔을 뻗었다.

퉁!!

'기껏 쫓아가서… 슬라이스……?'

낮게 부유하는 공이 제법 날카롭게 코스를 찔렀지만, 그래봐야 슬라이스다.

베이스라인에 다리를 박고 스트로크전을 이어가는 상황에서 호흡을 끊고 페이스를 이끌어 나가려는 의미가 아니라면, 슬라이스는 그리 현명하지 못한 선택이다.

냉철한 영석은 좌측 대각선으로 파고들며 발리를 댔다.

"피프틴 러브(15 : 0)."

"더 지켜봐야겠어."

빙글 몸을 돌려 애드 코트로 걸어가는 영석이 라켓 스트링을 가볍게 긁으며 중얼거렸다.

선수들은 보통 1세트에서 자신의 컨디션과 상대의 컨디션을 점검함은 물론이고, 그를 기반으로 전략으로 수립하려는 경향을 갖는다.

아무리 본인의 스타일이 확고해도, 이는 반드시 필요한 부분이다.

즉, 1세트는 탐구와 연구의 시간이었다.

하지만⋯⋯.

꽝!!!

쉬이이익!!!

쿵!!

"⋯⋯."

"⋯⋯."

"포티 러브(40 : 0)."

서브를 꽂은 영석과 리턴을 해야 했던 유니스는 아무런 반응을 하지 못했다.

심판만이 본의 아니게 고즈넉한 코트에 생기를 불어넣고 있었다.

연구와 탐구를 하기에 영석의 서브는, 너무나 훌륭했다.

서브로 주도권을 가져간 영석은 한 게임을 브레이크하며 그대로 1세트를 6 : 4로 가져갔다.

그리고 시작된 2세트.

유니스는 큰 신장에 걸맞게 묵직한 서브를 자랑했다.

뿐만 아니라, 발도 빠르고 포핸드 스트로크도 훌륭했다.

하지만 무엇보다 뛰어난 것은, 현란한 '기술'이었다.

쉬익! 펑!

'탁구도 아니고……!!!'

전혀 예상하지 못한 타이밍에서 유니스는 짧게 떨어지는 포핸드를 구사했다.

손목, 팔꿈치의 관절이 굉장히 유연해야 하며, 힘 또한 훌륭해야 시도할 수 있는, 좋은 기술이었다.

타다닥!

발 빠르기로는 누구와 견주어도 자신 있는 영석이었지만, 이처럼 전혀 염두에 두고 있지 않은 상황에서는 그 역시 인간의 범주를 벗어나진 못했다.

'젠장……'

영석이 채 닿기도 전에, 공은 두 번 바운드되었고, 유니스는 자신만만한 웃음을 지었다.

"가만히 두질 않는구나……."

유니스는 경기의 템포를 빠르게 가져갔다.

베이스라인에서 그라운드 스트로크를 주고받는 광경은 보기 드물었다.

'서브—리턴'이라는, 선수 본인이 어쩔 수 없는 영역에서의 것만 제외하면, 유니스는 거의 무조건적으로 네트로 돌진했다. 물론, 네트로 나아가기 위해선, 드롭이나 짧게 떨어지는 공 등을 섞어서 써야 한다는 전제가 있었지만, 유니스는 이 모든 것들을 수준급으로 구사했다.

'우선… 머릿속을 정리해야 해.'

키가 큰 선수가 이런 식의 기교 플레이를 한다는 것에 큰 혼란을 느꼈던 영석이 빠르게 머릿속을 정리해 나아갔다.

쉬익, 펑!

218km/h.

유니스의 서브 속도다.

남자 선수들이 '평균적으로' 낼 수 있는 속도보다 아주 조금 빠른 정도의 속도.

하지만 문제는 다른 곳에 있었다.

'퀵 서브……!!'

투수가 와인드업을 생략한 상태로 공을 던지는 것과 비슷한 메커니즘의 퀵 서브는, 빠른 타이밍에 서브를 꽂음으로써, 상대방이 반응할 타이밍을 빼앗는 효과를 낸다.

퀵 서브로 200km/h 이상의 속도를 낸다는 것 자체로, 유니

스가 2003 호주 오픈에서 큰 파란을 일으키고 있다는 사실이
증명됐다.

"……."

등허리에서 무엇인가 뾰족하게 솟아오르는 것 같은 '전율'이
영석의 몸을 번개처럼 스치고 지나간다.

날아오는 총알도 벨 것 같은 섬뜩한 집중력이 영석의 온몸
을 인외의 영역으로 이끈다.

빠르게 짓쳐들어오는 공을 바라보는 영석의 뇌리에선, 지금
의 모든 상황이 슬로모션으로 전개됐다. 자신의 몸까지도 느릿
하게 반응했지만, 그런 것은 영석의 집중력에 하등 영향을 주
지 못했다.

슈우우우우우우…….

비튼 몸이 풀리며 양손으로 굳게 잡은 라켓이 공을 마중 나
간다.

스스로의 몸이 일으키는 기적에 놀랄 법도 했지만, 영석은
그 순간에도 차분히 자신의 공이 나아가야 할 방향에 대해 고
민하고 있었다.

맞은편에서 둥실— 떠오른 유니스의 몸이 천천히 바닥으로
떨어지고 있는 모습이 보였다.

침착하게 리턴을 하고 있는 영석의 모습이 놀라웠는지, 서서
히 동공이 열리는 모습이 꽤나 희극적으로 느껴졌다.

'오픈 스페이스를 대비할 확률이 꽤 높아. 오픈 스페이스로
보내려면 스트레이트…….'

서서히 떠오르는 공의 궤적을 통해 복잡한 계산을 한 영석이 결론을 내렸다.

'바운드가 낮아. 귀찮은 서브군······. 스트레이트로 처리하기 어렵다. 네트에 걸릴 확률이 조금 돼. 그럼 역시 발밑인가?'

그렇게 결론을 내리자 주변의 모든 것들이 다시 정상적으로 빠르게 흘렀다.

쉬리릭! 쾅!!

영석의 라켓을 떠난 공이 스핀을 거의 품지 않고, 예리하게 일직선으로 날아간다.

"큭!"

오픈 스페이스로 들어올 것을 대비한 유니스가 역동작에도 불구하고 탄력적으로 몸을 놀려 라켓을 뻗었다.

팡!

캉, 캉······.

라켓에 충돌한 공은 네트를 넘어오지 못했고, 유니스는 자신의 손을 떠난 라켓을 멍하니 바라봤다.

"으······."

영석은 그 광경을 보고 갑자기 아뜩해지는 정신머리에 몸을 흐느적거렸다.

쉬이이이이~~!

내리쬐는 햇볕이 너무 강해서일까.

사람의 한계를 벗어난 집중력을 순간적으로 발휘한 영석은 자신만 알고 있는 이 '기적'을 분석할 틈도 없이 순식간에 덮쳐

오는 피로감을 이겨내지 못했다.

'물……'

극심한 갈증까지 덮쳐오자 영석은 물을 마시고 싶다는 원초적인 욕구만 생각하고 코트를 흐느적거리며 걸어 다녔다.

펑!! 펑!!

물론, 기적적으로 행한 리턴은 무용지물이 되었다.

그렇게 2세트 첫 번째 게임은 유니스가 가져갔다.

치이이이이—

'후… 이제 정신이 좀 차려지는군.'

머리 위에 얼음 팩을 올려놓자, 순식간에 머리 주변에 허연 연기들이 스멀스멀 피어오른다.

한껏 떨어졌던 집중력과 체력이 조금 돌아오는 기분을 느낀 영석이 그제야 자신의 상황을 정확하게 인지했다.

'그건 뭐였지?'

모든 장면이 슬로모션으로 보이는 감각은 예전에도 한두 번 정도 겪은 적이 있었다.

하지만 이번만큼 솜털이 비죽 설 정도로 현실적인 느낌을 준 적은 없었다.

그리고 이렇게 피로감을 준 경우도 없었다,.

'내가 원하지 않을 때 이런 게 발현되면… 위험하겠어.'

쓰게 웃은 영석이 전광판을 바라봤다.

4 : 6.

2세트의 스코어였다.

자신의 기량을 한껏 발휘한 유니스의 선전과, 그에 대비되는 영석의 집중력 저하가 맞물린 결과였다.

"이미 지나간 일은 어쩔 수 없지."

음료와 얼음 팩 등으로 신체에 긍정적인 자극을 가하니, 정신적으로도 조금 맑아진 기분을 느낀 영석이 라켓을 잡고 벤치에서 몸을 일으켰다.

"빨리 처리하고 진희 보러 가야지."

＊　　　　＊　　　　＊

3세트는 박빙으로 펼쳐졌다.

자신의 서브 게임에 절대적인 자신감을 갖고 있는 영석은 목적을 또렷하게 가졌다.

'한 게임만 브레이크하자.'

그 의지는 너무나 노골적이어서 유니스의 입장에선 초조함을 느낄 수밖에 없었다.

어찌 됐든, 그에겐 영석의 서브 게임을 브레이크할 수 있는 수단이 없었기 때문이다.

쾅!!

게임은 아직 많이 남아 있었지만, 서른 초반의 백전노장(百戰老將)은 잡히면 죽을 것 같다는 절박함을 바탕으로, 사력을 다하기 시작했다.

'빠르다!'

쉬이익—

유니스의 절박함이 묻어난 서브는 1, 2세트와는 다르게 조금 더 거친 느낌을 품고 있었다.

"큭!!"

펑!!

풀스윙으로 리턴을 하려 했던 영석은, 라켓을 바투 잡고, 짧은 스윙으로 리턴하는 것에 만족해야 했다.

타다닥—

굵은 땀방울이 자신의 뺨을 타고 내려오는 것도 모르는 채, 유니스는 안도의 한숨을 쉬고 공을 마중 나갔다.

팡!!

손목을 이용한 특유의 기술이 공을 짧게 떨어지게끔 했다.

하지만…….

'이제 패턴을 다 알았어.'

공이 그쪽으로 떨어질 걸 어느 정도 예상한 영석은, 날렵하게 스텝을 밟으며 공을 쫓았다.

의식하고만 있다면, 어지간한 공은 무조건 따라잡을 수 있다는 자신감이 여실히 드러나는 움직임이었다.

휘익— 퉁!

짧게 떨어지는 공을 쫓아간 영석이 선택한 것은, 네트 지근거리에서 발현된 드롭이었다.

툭.

짧은 공을 넘기며 네트로 나아갈 유니스는 드롭이라는 영석의 선택에 잠시 의아한 표정을 짓고는 공을 다시 넘겼다.

'뭔진 몰라도… 내가 좋아하는 전개군.'

영석은 영석 나름대로의 꿍꿍이가 있었다.

'정면으로 타파해 주지.'

탁, 펑!

펑, 팡!!

두 선수는 네트에 붙어서 발리를 이어갔다.

한 구 한 구 모두 드넓은 코트의 구석구석을 노리는 공이었지만, 두 거인은 초인적인 신체 능력을 바탕으로 어떻게든 공을 걸어낼 수 있었다.

그리고 짧은 격전 끝에, 유니스가 이 대결을 다른 방향으로 전개시키려는 의지를 담아 공을 처리했다.

퉁—

'로브!'

라켓 면이 하늘을 바라보려는 기색이 보이자마자 영석은 움찔— 몸을 한차례 긴장시켰다.

쉬익—

공이 훌쩍 솟아오르자 영석은 쫓아가는 대신, 그 자리에서 몸을 띄웠다.

"……!!!"

굉장한 서전트 점프에 유니스의 동공이 잘게 떨렸다.

그 자리에서 별다른 도움닫기 없이 1m가량 떠오른 영석이 눈을 빛냈다.

타다닥—

잠시 놀란 기색을 보인 유니스는 영석이 몸을 띄우자마자 베이스라인까지 뛰어가려 했다.

'어림없지.'

쾅!!!

마치 배구 선수가 스파이크를 때리듯, 영석은 공중에 뜬 상태로 스매시를 내리꽂았다.

쿵!!

짝짝짝짝!!!

"브라보!!"

"컴온!!"

"서티 러브(30 : 0)."

"휘우!!!"

심판의 선언은 영석의 슈퍼 플레이에 환호를 보내는 관중들에 의해 묻혔다.

머리 위로 쏟아지는 갈채를 무덤덤하게 받아들인 영석이 제자리에서 통통 뛰어봤다.

'회복 완료.'

어릴 때부터 가한 최영태의 고문에 가까운 체력 훈련은 지금 같은 상황에서 큰 도움이 됐다.

'우선, 네가 잘하는 것부터 하나씩……'

내리쬐는 햇볕, 타는 듯한 갈증… 모든 것들이 약간의 흥분 상태에 오른 지금의 영석에게 영향을 주지 못하고 있었다.

3세트는 그야말로 난장(亂場)이었다.

땀이란 땀은 모두 몸에서 빼내려는 듯, 두 선수는 코트를 정신없이 돌아다녔다.

유니스의 장기인 부분에 쿵짝을 맞춰주고 있는 영석 때문이었다.

끼기기긱, 끽!

끽!! 끼긱!!

푸른 코트는 바닥과 테니스화가 강하게 마찰을 일으키며 내는 소음으로 가득했다.

퉁, 펑!!

펑!!

끼긱!!

선수들의 귀신같은 움직임에, 관중들까지 덩달아 숨을 죽이며 이 사투를 흥미진진하게 바라봤다.

펑!!

쉬익— 쿵!!!

조금씩 지치기 시작했는지, 유니스는 평소보다 반 박자 정도 느리게 공에 반응했고, 그로 인한 어설픈 공은 영석의 먹잇감이 되었다.

"컴온!!!"

뜨겁고 두꺼운 대기를 가르며 영석의 포효가 작렬했다.

관중들은 한 선수가 내뱉은 고함에 흠칫흠칫 놀라며 더위를 느낄 새도 없이 반사적으로 박수를 쏟아냈다.

"후우……."

한차례 고함을 치며 스스로를 격려한 영석이 벤치에 들어가 앉았다.

방금 전의 포인트로 3세트를 가져온 영석은 배꼽 근처에서 기분 좋게 끓어오르는 열기에 만족하고 있는 상태였다.

뜨끔.

'뭐야……'

엄지발가락에서 뜨끈한 통증이 올라오자 영석은 발을 들어 신발을 확인해 봤다.

"허……."

영석은 어이가 없어서 실소를 내뱉었다.

밑창에 구멍이 났기 때문인데, 엄지발가락만 휑하니 구멍이 난 상태였다.

스윽―

신발을 벗은 영석이 양말을 확인했다.

꼼지락―거리는 엄지발가락이 새카맣게 더렵혀졌다.

'신발이야 하나 더 있는데… 웃기네, 이거. 3세트 만에 구멍이 나?'

짧게 혀를 찬 영석이 테니스 백에서 주섬주섬 양말과 신발을 꺼냈다.

"……?"

뭔가 부스럭거리는 소리가 나 유니스 쪽을 바라본 영석이 짧게 실소했다.

그도 가방에서 신발을 꺼내는 중이었기 때문이다.

눈이 마주친 두 선수는 쓰게 웃으며 4세트를 맞이했다.

"헉… 헉……."

'맛이 갔군.'

유니스는 자신의 자리에서 잠시 휘청이더니 풀썩 주저앉았다.

그러곤 라켓을 지팡이 삼아 다시 몸을 일으키려 안간힘을 썼다.

4세트 네 번째 게임.

자신의 서브 게임을 철저하게 지킴은 물론이고, 초반부터 브레이크에 성공하며 영석이 분위기를 가져오자 유니스는 흔들리기 시작했다.

"……."

그제야 영석의 눈에 유니스의 얼굴이 자세히 보이기 시작했다.

'주름이 꽤 졌군…….'

몸에서 수분이 과도할 정도로 빠져나가자 유니스의 피부도 생기를 잃어갔고, 숨어 있던 주름들이 보이기 시작했다.

극적일 정도의 변화는 아니었다.

다만, 영석의 눈에 또렷이 보였을 뿐이다.

끼긱, 끽!!

펑!!

툭, 툭……..

"기권하겠습니다."

마침내, 하나의 포인트를 더 잃은 유니스는 기권을 선언했다.

심판은 기권을 수용했고, 그대로 경기는 끝이 났다.

저벅, 저벅……..

영석이 유니스에게 다가가 포옹을 했다.

"수고하셨습니다."

"꼭 우승하길 바랍니다."

유니스가 힘없이 웃고는 다리를 질질 끌다시피 하며 가방을 메고 코트를 벗어났다.

영석은 유니스에게서 났던 비릿한 땀 냄새에 인상을 찌푸렸다.

'이 날씨는 고문이야, 고문……..'

*   *   *

"컴온!!!"

"……!!!"

우렁찬 고함에 영석이 퍼뜩 정신을 차렸다.

힘없이 멀어져 가는 유니스의 뒷모습이 머릿속에서 완전히 사라졌다.

그리고 몸에서 열기를 피워내고 있는 진희의 모습이 두 눈 가득히 들어왔다.

"……."

고함의 주체는 진희였다.

확장된 영석의 시야가 진희의 모습을 솜털 하나하나까지 확연하게 들여다볼 수 있게끔 만들었다.

새파랗게 불타오르는 눈은 마주 보기만 해도 눈이 멀어버릴 것 같았고, 발갛게 부풀어 오른 팔뚝에 근육들이 섬세하게 갈라져 있었다. 왼쪽 볼에 붙은 몇 가닥의 머리카락이 상처 자국같이 선연하게 눈에 들어온다.

"쟤 김진희 맞냐……?"

이재림은 오한이 드는 듯, 자신의 양팔을 감싸 안고 몸을 부르르 떨어댔다.

비단 이재림만 그런 것은 아닌 듯, 최영태도 식은땀을 흘리며 집중해서 진희의 모습을 바라보고 있었다. 태연한 척하려 했지만, 가늘게 경련하는 눈가를 감출 수는 없었다.

그만큼 진희의 패기는 압도적이었고, 인상적이었다.

"……"

잠시 유니스를 떠올리느라, 방금 전의 포인트를 정확히 인지하지 못한 영석만이 침착함을 유지했다.

"……!!!"

마침 몸을 휙 돌려 베이스라인으로 걸어가는 진희와 눈을 마주쳤다.

평소의 장난스럽고 귀여운 모습은 어디에 뒀는지, 잔뜩 굳은 진희의 얼굴이 굉장히 낯설게만 느껴진 영석은 진중하게 고개를 끄덕였다.

"……."

잠시 영석을 빤히 바라본 진희가 마주 고개를 끄덕였다.

진희의 도전은 이제 시작이었다.

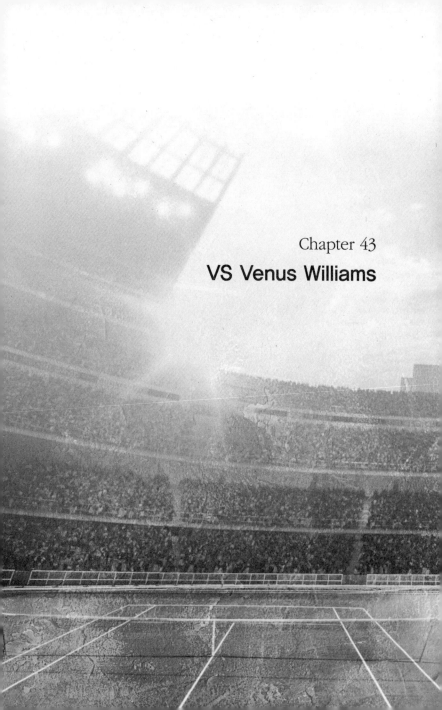

Chapter 43

VS Venus Williams

2000년대 초반은 윌리엄스 자매의 독식이라고 해도 과언이 아니었다.

한 해에 네 개의 대회가 열리는 메이저 대회.

그곳에서 두 자매가 결승을 치른 게 몇 번일까.

세계의 내로라하는 선수들 모두 이 자매를 꺾지 못하고, 자매는 그렇게 승승장구했다.

아니, 할 수 있었을 것이다.

지금 김진희라는 선수가 없었다면 말이다.

"하압!!!"

쾅!!!

비너스의 서브가 강렬하게 작렬한다.

섬뜩한 파공음을 내며 짓쳐 드는 공은, 분명 여자 선수가 낼 수 있는 한계치를 가볍게 웃돌고 있었다.

하지만…….

타닥! 쉭!!

굉장한 속도의 서브였음에도, 진희는 눈 하나 깜짝 안 하고 가볍게 스텝을 밟은 후, 콤팩트한 스윙으로 리턴을 시도했다.

'이 정도는… 영석이 서브에 비하면……!!'

벌겋게 달아올라 꿈틀거리는 등 근육이 진희에게 무한한 힘을 주는 것 같았다.

순간적으로 진희의 등이 평소보다 훨씬 넓게 느껴졌다.

쾅!!!

쉬이이익——!!

"……!!!"

진희의 리턴은 비너스의 발밑을 찌르는 샷이었다.

깜짝 놀란 비너스는 거의 반쯤 주저앉다시피 하며 팔을 휘둘렀다.

펑!!!

좋지 않은 자세에서 팔을 휘둘렀음에도, 비너스의 힘은 평범하지 않았다.

공이 제대로 된 힘과 회전을 품고 다시 진희에게 돌아갔기 때문이다.

'다시 그 자리!!'

눈을 빛낸 진희는, 침착하게 몸을 놀려 같은 코스로 공을 보냈다.

쾅!!

다다닥! 펑, 콰!!

오픈 스페이스를 의식하고 있던 비너스가 잠시 몸을 기우뚱하더니, 제자리에서 균형을 잡기 위해 스텝을 밟고는 팔을 쭉 뻗어 라켓으로 공을 퍼 올리듯 후려쳤다.

얼마나 강하게 후려쳤는지, 공을 치고 나서 라켓으로 땅을 짚어야 할 정도였다.

"끝."

그런 비너스의 다급함과 전혀 상관없이, 진희는 차분하게 넘어온 공을 오픈 스페이스로 재빠르게 찔렀다.

"……."

비너스는 그 공을 따라잡지 못했다.

"포티 서티(40 : 30)."

진희는 주먹을 쥐며 혼자 나직이 파이팅을 외쳤다.

*　　　*　　　*

여자 테니스의 경우에, 현대로 넘어올수록 베이스라인에 자리를 잡고 그라운드 스트로크로 결판을 내는 경향이 짙다.

선수들의 체격과 힘, 그리고 라켓에 적용된 과학이 발전하게 되면서 평균적인 공의 스피드가 십수 년 사이에 월등히 증가했기 때문이다. 체격이 좋아진 만큼이나 발도 빨라졌지만, 공이 빨라진 것에 비하면 조금 많이 부족했다.

결론적으로, 좌우로 빨리 뛰며 정교한 스트로크를 뿌려대는 것이 여자 테니스의 추세였다.

그리고 그런 추세를 만들어낸 건, 단둘.

바로, 비너스 윌리엄스와 세레나 윌리엄스 자매다.

"으랍!!!"

펑!!!

그리고 여기, 그런 추세를 역행하는 것에 몰두하고 있는 한 소녀가 있었다.

끼긱, 끽!

공을 침과 동시에 다시 센터마크로 돌아가는 과정이 굉장히 매끄럽다.

현란한 스텝은 춤을 추는 것같이 보인다.

쾅!!

타다다닥, 끽! 끼긱!

밀려오는 공에 사뿐사뿐 땅과 공중을 넘나들며 다가간다.

기품이 있고, 우아하기 그지없는 스텝이 모두의 혼을 쏙 빼놓는다.

그리고…….

쉬익— 쾅!!!

탁월한 균형 감각을 바탕으로 간결한 스윙이 이어진다.

상대의 힘을 역이용하는 것에 더해, 본인의 힘까지 더한 공이 비너스를 괴롭히려는 듯 구석구석을 찌른다.

타다다다다다닥!!!

펑!

간신히 쫓아간 비너스가 라켓을 손목으로 휘두르며 겨우 공을 처리했지만, 어느새 진희는 네트 앞에 도달해 있었다.

퉁!

툭, 툭⋯⋯.

그야말로 교본에 실려도 될 정도의 깔끔한 플레이였다.

여기저기서 박수가 쏟아졌고, 휘파람 소리도 심심찮게 섞여 들려왔다.

'으쌰!'

1세트를 가져온 진희는 2세트 초반도 자신의 페이스로 이끌어오는 것에 성공했다.

       *   *   *

"하아아압!!!"

펑!!

"끄어어어!!"

꽝!!

뱃속에서부터 끌어 올린 목소리가 관중들의 심혼(心魂)을 꽉 붙들어 쥔다.

진희의 기합과는 비교가 안 되는 강렬한 울림.

그것은 이미 기합이나 비명의 영역을 벗어난 것이었다.

"흐……."

비교적 덤덤하게 소리를 흘리며, 경기에 집중하던 영석은 자신의 옆에서 신음이 들리자, 이재림을 멀뚱히 쳐다봤다.

꽈악—

이재림은 영석의 시선에도 불구하고 자신의 허벅지를 강하게 움켜쥐고 눈을 부릅뜬 채 경기를 지켜보고만 있었다.

'비너스가 이제야 슬슬 제대로 하는군…….'

영석은 고개를 다시 코트로 돌려 비너스를 훑어보기 시작했다.

이제 고작 20대 초중반. 눈빛에서 쏘아내는 투기가 예사롭지 않았다.

길쭉길쭉한 몸과 탄력적으로 보이는 몸, 차분한 기색이 눈에 띄었다.

'진희보다 작군……?'

영석이 눈에 이채를 발했다.

동생인 세레나에 비해 상당히 날렵한 체형을 보유한 비너스는, 180㎝가 되어 보이기도, 그보다 작아 보이기도 했다.

펑!!

마침, 비너스는 오픈 스페이스를 날카롭게 찌르는 진희의 스트로크를 쫓아가고 있었다.

훌륭한 장인이 조각칼로 세심하게 다듬은 것 같은 근육이 꿈틀거리며 약동(躍動)한다.

"좀 전보다 빠른데?"

영석이 살짝 놀란 듯 중얼거렸고, 어느새 공을 자신의 품에 안은 비너스가 라켓을 크게 휘둘렀다.

"끄압!!"

꽝!!

둥그렇던 어깨가 순간적으로 근육이 부풀어 오르며 각이 지기 시작했다.

그리고 들린 것은 공이 쪼개질 듯한 타격음.

쉬익—

순간적으로 창백하게 질린 진희가 이를 앙다물고 공에 반응하기 시작했다.

타닥, 다다다닥!!!

'역시 빠르!!'

진희의 다리 또한 명실상부한 톱 레벨.

결코 비너스에 뒤지지 않았다.

훅—

공을 지근거리에 둔 진희가 리드미컬하게 몸의 무게중심을 이동하며 공으로 힘을 쏟는다.

휘릭! 펑!!!

"……!!"

공을 치는 순간, 진희의 표정이 미묘하게 변했다.

"응?"

유심히 진희를 지켜보고 있었는지, 세 남자가 동시에 의문을 품었다.

쉬익—

진희의 손을 떠난 공이 네트를 넘어간다.

이전과 다를 것 없는 훌륭한 공으로 보였다. 바운드되기 전까진 말이다.

쿵.

획—

'밋밋해⋯⋯!!'

지켜보던 영석은 헛바람을 집어삼켰고, 진희는 창백하게 질린 표정이었다.

비너스는 자신의 의도가 통했다는 걸 짐작한 듯, 입꼬리를 살짝 들어 올렸다가 내렸다.

"흐읍!!"

공기를 들이마시자 근육들이 팽팽하게 부풀어 오른다.

회전이 완전히 죽어버린 공은, 사나운 기색의 비너스에겐 아주 맛있는 먹잇감처럼 느껴졌다.

쾅!!

"윽!!"

진희가 쫓아가 라켓을 뻗어봤지만, 공에 닿지는 못했다.

비너스는 이번엔 '컴온'이라고 소리치지 않았다. 다만, 진희를 살벌하게 노려볼 뿐이었다.

"왜 저렇게 된 거지?"

옆에서 이재림이 중얼거렸고, 영석은 답을 해주지 않았다. 답은 최영태에게서 들려왔다.

"조절할 수 있는 한계치를 넘어섰겠지. 그게 힘이든, 스핀이든."

"……??"

이재림은 선뜻 이해가 되지 않는 듯 눈을 껌뻑였고, 영석은 이해했는지 고개를 끄덕이며 첨언했다.

"테니스 선수로서 진희의 장점은 굉장히 많지만, 유별나게 돌출된 장점은 바로 '터치 감각'이야."

"그야 그렇지. 김진희 발리는 남자 선수 것보다 나으니까."

이재림은 계속하라는 듯 고개를 끄덕였다.

설명해 주는 영석과, 그걸 듣는 이재림, 그리고 두 선수의 대화를 듣는 최영태까지.

목에 깁스라도 한 듯, 세 남자는 고개를 빳빳하게 들고 앞을 바라볼 뿐이었다.

"너무 방대해서 터치 감각이라는 걸 정확하게 정의 내리기 힘들지만, 터치 감각이라는 게 온전히 발휘되기 위해선, 자신이 커버할 수 있는 일정한 수준의 공이 와야 해. 이를테면, 강력한 서브는 우리가 마음대로 리턴할 수 없다는 걸 예로 들 수 있어."

"아하, 그러니까 비너스 공이 지금 짱 세다는 거 아냐."

"……"

딱히 틀린 말은 아니었기 때문에 영석은 잠자코 한 템포 쉬고는 다시 말을 이었다.

"어떤 두 선수가 있다고 가정하자. 그리고 이 두 선수는 모두 10이라는 능력을 동일하게 갖고 있다고 가정하고. 아, 10이란 숫자는… 모든 신체 능력을 동원해서 낼 수 있는 최고 수준의 공을 10이라고 하자."

끄덕—

이재림이 고개를 끄덕였다.

"상대방이 1~8의 공을 넘겼을 때, 그 공에 대응해서 코스, 강약, 길이 등을 조절할 수 있는 게 보통의 프로야. 같은 10의 공을 마음대로 요리할 수 있다면 수재(秀才)지. 아마 톱 100위 안엔 쉽게 들 수 있을 거야."

"김진희는?"

이재림이 묻자 최영태도 영석의 생각이 궁금했는지 잠시 고개를 틀어 영석을 힐끗 바라봤다.

"내 짐작으론 12~13까지는 가능해."

"천재군."

"천재지."

잠시 생각에 잠긴 이재림이 영석을 보고는 비수와 같은 질문을 던졌다.

"넌?"

"나?"

"응. 자평(自評)해 봐."

"……."

아주 잠시 동안 생각을 해본 영석이 단호하게 말했다.

"난 10."

"…흠."

이재림은 '그럼 나는?'이라고 묻고 싶어서 근질거리는 입을

꾹 닫았다.

'저 새끼는 분명 후벼 팔 거야. 넌 7? 이러면서.'

미묘하게 어색해진 공기를 뚫고 최영태가 두 선수에게 말했다.

"그래서 많은 선수들이 육체를 단련하는 거다. 더욱 강하고, 더욱 빠르게. 상대방이 10의 능력을 갖고 있다면 난 20을 갖겠다는 각오를 하고 말이야. 그럼 터치 감각이 아무리 좋아도 그걸 무시할 수 있다. 지금 진희가 상대하는 비너스처럼."

펑!!

마침 비너스가 강렬한 포핸드 스트로크로 크로스를 노렸다.

그 공에 따라붙는 진희의 안색이 조금 창백하게 느껴지는 건 기분 탓일까.

"합!!"

펑!!

크로스에 크로스로 응수한 진희가 비너스의 움직임에 집중을 하며 몸을 움찔거리고 있었다.

그 모습이 필요 이상으로 긴장한 모습으로 비춰져 영석은 마음이 아팠다.

'진희야……'

최영태는 그 순간에도 설명을 이었다.

"사람의 눈으로 체크할 순 없어도, 공에 도달하는 시간, 라켓을 휘둘러 공에 닿기까지의 시간 등… 콤마 단위의 이런 시간들이 조금씩 쌓여서 종래엔 터치 감각을 발휘할 수 있는 여지를 다 갉아먹게 되는 거야."

"......"

"......"

영석은 고개를 끄덕였고, 이재림은 멍하니 진희의 몸놀림을 살피는 것에 주력했다.

툭—

"아서라, 아서. 우린 못 본대도 그러네."

영석이 이재림의 등을 가볍게 두들겼다.

*   *   *

2세트 종반.

비너스의 테니스는 점점 선택지를 좁혀가는 방식으로 진행됐다.

복잡하고 첨예한 수 싸움이나, 미묘한 차이를 겹겹이 쌓아가는 방식의 전개는 그녀에게 없었다.

시합은 전쟁이다.

전쟁은 서로의 무기를 기반으로 전략 전술을 겨루는 행위이기도 하다.

무기의 가짓수로는 세계 그 어떤 선수에 비해도 부족함이 없는 진희였지만, 비너스가 갖고 있는 몇 개의 강력한 무기 앞에선 아무런 소용이 없었다.

"억!!"

쾅!!

배 속에서 끌어 올린, 웅혼한 기합과 함께 듀스 코트에서 시작된 비너스의 서브가 와이드로 꽂힌다. 공을 맞이하는 진희의 얼굴이 와락 구겨진다.

'또 라인 위!'

자신의 신체 능력을 상회하는 시력 탓에, 진희는 200km/h 이상의 서브를 철저하게 분석할 수 있었다. '머리'로는 말이다.

타닷!

제자리에서 발을 놀려본다.

평소와는 다른 상대이니만큼, 스텝에서도 조금씩 서두르려는 기색이 느껴진다.

'아, 이게 아닌데……'

몸을 움직이면서도 진희는 스스로의 신체가 자아내는 반응에 불만족스러움을 표했다.

하지만 공은 기다려 주지 않는다.

"흡!!"

쉭—!

호흡을 짧게 가져가며 라켓을 최대한 빠르게 휘둘렀다.

자신의 몸이 늦게 반응한 것에 대한 아쉬움을 스윙의 속도로 커버하려는 것이다.

펑!!

하지만 공은 맹렬한 스윙에 크게 못 미치는 기세로 네트를 넘어갔고, 비너스는 여유롭게 공을 따라붙으며 강렬한 스윙을 준비했다.

'왼쪽? 오른쪽?'

양자택일(兩者擇一).

자신의 미약한 리턴으로 인해 비너스에게 기회를 줬고, 이렇게 선택을 강요받는 처지에 이르렀다.

진희는 2세트 들어 수없이 반복한 고민을 다시금 시작했고, '감'에 의존해 왼쪽, 즉 애드 코트를 향해 전력 질주 했다.

펑!!

하지만 공은 듀스 코트로 들어갔다.

비너소는 스윙을 끝내자마자 결과를 보지도 않고, 손짓으로 수건을 달라고 했고, 받아 든 수건으로 얼굴을 쓰윽 닦았다.

＊　　　＊　　　＊

"나 지금 똑같은 장면 리플레이 보는 거 아니지? 이거 라이브 맞지?"

"……."

이재림의 호들갑을 귓등으로 넘기며 영석은 생각에 빠졌다.

'1세트랑 크게 다른 속도도 아닌데, 왜 지금은 리턴을 못 하지?'

비너스가 경기 내내 꽂아 넣고 있는 서브의 평균 시속은 209km/h 정도.

영석과 연습한 진희라면 결코 못 받아낼 속도는 아니었다. 실제로 1세트도 쉽게 리턴하며 경기를 가져갔었던 진희였다.

'서브의 구질이 2세트에서 향상됐다곤 볼 수 없어……. 서브란 그렇게 단기간에 어떻게 할 수 있는 영역의 것이 아니야. 그럼 코스? 아니야. 코스가 아무리 날카로워도 진희가 저렇게 허덕일 정도는 결코 아니야. 뭐지? 왜?'

"……."

영석이 대꾸를 않자, 머쓱해진 이재림이 괜히 최영태에게 질문한다.

"코치님 왜 그……."

"눌렸어."

최영태가 단칼에 이재림의 말을 자르며 대답했다.

그리고 기관총처럼 말을 쏟아냈다.

"너도 알다시피 경기는 컴퓨터 게임이 아니야. 비너스는 2세트에 들어서 그라운드 스트로크부터 서서히 엔진을 올렸어. 상대하는 진희도 모르게. 갉아먹은 건 시간뿐만이 아니야. 진희의 의식까지 조금씩 잠식해 들어간 거지. 그리고 결국 아무도 눈치채지 못한 상태에서 페이스를 자신의 것으로 끌고 왔어."

"……."

"패닉까진 아니지만… 진희는 지금 눌려 있는 거야. 조금은 일방적인 전개로 인해 의식도, 육체도 평소보다 못한 거지."

최영태의 설명을 들은 이재림이 침중한 얼굴로 덧붙였다.

"거기다가 맞붙어서 늘 지기만 했던 상대이니… 더 빠르게 저런 상황이 나타난 거군요."

최영태가 고개를 끄덕이며 잠깐의 대화를 마무리했다.

"할 수 있었던 것도 할 수 없게 된 상황이야."

완벽하게 정신적으로 진희를 압도한 비너스의 전략은 단순했다. 하지만 압도적이었다.

우선, 온 힘을 다해 서브를 꽂는다. 코스는 센터 아니면 와이드. 거의 무조건적으로 라인 주변을 의식하고 친다.

200㎞/h를 웃도는 플랫 서브가 라인 근처에 떨어지는 것만으로 진희처럼 천성적으로 뛰어난 선수를 제외하면, 여자 선수는 리턴하기가 힘들어진다.

리턴이 얕게 들어가면, 방금 전과 같이 비너스는 거의 100%의 확률로 양자택일을 강요할 수 있게 된다. 그리고 철저하게 우위에 있는 상태에서의 양자택일은 상대에게 지극히 불리하다.

리턴이 길게 들어갔을 때는 비너스에게도 문제가 된다.

그럴 때는 각오하고 풀스윙으로 정신없이 몰아친다. 코스를 세밀하게 파고들기보다, 강력한 힘으로 최대의 속도를 뽑아내는 것이 비너스의 전략이다.

공은 남자 선수의 것만큼 빠르지만, 신체는 느린 여자 선수의 특성상, 비너스의 그라운드 스트로크를 따라붙다 보면 느슨한 대응을 할 수밖에 없는 때가 찾아온다.

그러면 비너스는 득달같이 달려들어 마무리한다.

'…말로는 쉽지만, 비너스의 역량이 대단하다는 증거지.'

영석은 세트포인트를 맞이하는 2세트의 마지막 순간까지 계속해서 경기 양상을 탐구하며 상념에 빠졌다.

"……."

진희에게 달려가 이것저것 말을 늘어놓으며 마음을 달래주고 싶었지만, 그건 불가능한 일이었고, 영석은 괜한 짜증이 치밀어 오르는 것을 느꼈다.

그리고…….

"흐읍!!"

꽝!!! 쉬익——

쿵!

"컴온!!!"

"……."

비너스의 강력한 서브가 이어졌고, 와이드를 의식했던 진희는 센터로 꽂히는 서브를 바라볼 수밖에 없었다. 아무리 기가 죽고 페이스를 내줘도 서브 에이스만큼은 용납하지 않았던 진희는 이번 QF 경기 처음으로 서브 에이스를 내주고 2세트도 함께 넘겨줄 수밖에 없었다.

*   *   *

"익……!!!"

2세트와 3세트 사이의 쉬는 시간.

진희는 벤치에 앉기 무섭게 라켓을 까드득 소리가 나게 쥐어 잡았다.

부들부들—

쿵쿵—

얼마나 강하게 쥐었는지, 온몸이 덜덜 떨려왔다.

그에 맞춰 심박도 사정없이 치솟기 시작했다.

가뜩이나 더운 날씨에 혈압까지 오르니 살짝 어지러운 기색
이 느껴지기까지 한다.

'이런 씨……!'

라켓을 강하게 쥐고 팔을 번쩍 들어 내려치려는 순간—

"……!!"

우뚝—

진희는 팔을 멈추고 라켓을 새삼스레 쳐다봤다.

파란색—흰색의 가로로 새겨진 줄무늬가 눈에 선명히 다가
와 박혔다.

하필 유광이라, 내리쬐는 호주의 햇볕에 잘도 번쩍거려 댔다.

'플로리다……'

얼른 마음을 다스리지 못하면 패배하기 십상인 이 순간, 진
희는 유소년 시절 갔었던 플로리다를 떠올렸다.

호주 특유의 내리쬐는 햇볕과 폐를 가득 채운 뜨거운 공기
가 느껴지지 않는다. 몸과 마음이 일순 서늘하게 가라앉은 느
낌이 들었다.

"라켓은……"

샘이 한창 라켓 스팩이 갖고 있는 의미를 하나하나 짚어주고
있다.

한국어로 들어도 모를 말이, 영어로 나오자 외계어같이 생소하

게 들린다.

"아, 이게 무슨 말이냐면……."

무슨 말인지 도통 못 알아듣는 자신이 안타까웠을까, 영석이 한국어로 번역(?)을 해주며 설명을 했다.

"…해서 그게 진희한테 딱 맞는 라켓이야."

샘이 빙긋 웃으며 말을 하더니 영석을 봤다.

"네가 골라준 거지?"

"……."

영석은 아무런 말을 하지 않았다.

머리만 긁적이고 있었다.

"…영석이."

언제 감았는지도 모를 눈을 번쩍 뜬 진희가 다급히 고개를 휙휙 돌린다.

옆 벤치에 앉아 있는 비너스가 새로운 라켓을 가방에서 꺼내고 있었지만, 그건 눈에 들어오지 않았다.

'아까… 어디였지……?'

진희는 앉은 자세에서 몸을 뒤로 돌려서까지 영석을 찾았다.

동공이 그 어느 때보다 빠르게 사방을 훑는다.

휙—

"……!!"

영석은 특유의 분위기가 있다.

사방이 뜨거운 열기로 가득해서 부산스러운 느낌이었지만,

유독 그의 주변의 공기는 차분한 느낌이 든다.

피식—

진희가 자신을 찾으려 했다는 걸 본능적으로 깨달은 영석이 진희와 눈을 마주하자 씨익 웃어주었다.

진희의 마음에 파랑이 인다.

'저 어색한 웃음.'

가짜가 아닌데, 가짜처럼 보일까 봐 괜한 걱정이 깃든 표정이 영석의 특징이다.

그 쓰잘 곳 없는 걱정이 깃든 표정은 진희에게 너무나 익숙한 것이었다.

획획—

영석이 짧은 순간에 이것저것 수신호를 보낸다.

자신의 머리부터 가슴까지 한번 훑어 내리더니 눈도 훑어 내리고 검지로 관자놀이를 살짝 누른다.

'마음을 가라앉히고, 머리에 열도 좀 빼고, 눈 감고 생각하라고?'

용케 그 뜻을 알아들은 진희가 눈과 입으로 반달을 그리곤 영석의 의도를 따랐다.

"……."

눈을 감자 타이밍 좋게 땀 한 줄기가 뺨을 타고 흐르기 시작했다. 솜털을 헤치며 아래로, 아래로 떨어지기만 하는 땀에 온 신경이 집중됐다. 손으로 닦을 생각은 나지 않았다.

뚝—

턱에 매달려 떨어지지 않으려 안간힘을 쓰던 땀은 결국 중력의 법칙을 이기지 못하고 코트로 떨어졌다.

진희는 그 떨어지는 소리까지 생생하게 들었다.

깜깜한 어둠, 진희는 가장 먼저 자신의 신체를 그렸다.

그리고 움직여 봤다.

'안 돼.'

상상으로 그려낸 자신의 모습은 매끄럽게 움직이지 못했다.

이유가 궁금했지만, 진희는 자신의 모습을 깨끗하게 날려 버렸다.

그러자 자연스럽게 떠오른 인영이 있다.

'영석이.'

195cm의 거대한 몸에 어울리지 않게 소년의 얼굴을 하고 있는 영석이 난처한 듯 웃어재꼈다.

아까 잠시 떠올린 플로리다에서의 모습이다. 그때나 지금이나 코 밑에 수염 자국 조금 난 걸 제외하면 똑같았다.

'어?'

'예전이나 지금이나 똑같다'고 생각한 순간, 영석의 몸이 쭉쭉 줄어들기 시작했다.

'몇 살 때야 저게?'

진희가 이렇게 생각을 잇자, 까만색 일색이었던 배경이 환하게 비춰졌다.

"헉, 헉……."

"......"

두 선수가 서로를 노려본다.

지금의 진희보다 훨씬 작은 영석과, 그런 영석보다 두 뼘은 더 큰 소년의 대결.

숨을 거칠게 몰아쉬고 있는 영석을 보면 이 시합의 흐름이 어떻게 진행되고 있는지 단박에 알 수 있었다.

'로딕!!'

안색이 보랏빛으로 물든 영석은 사나운 웃음을 입꼬리에 매달고 있었다. 안광이 쭉쭉 뻗어 나온다. 얼핏 보면 살기 비슷한 것이 섞여 있는 듯하다.

진희한테는 결코 보이지 않는, 본능적이며 투쟁적인 영석의 표정이다.

쾅!!

지금 봐도 소름 끼치는 로딕의 서브에 맞서 영석은 이를 악물고 뛰어다닌다.

죽어라고 뛴다.

못 받을 게 뻔한 상황에서도 전력을 다해서 뛴다.

로딕이 움찔거리는 기색이 확연하게 드러난다.

세 포인트를 빼앗기면, 한 포인트로 갚는다. 그렇게 각오하고 뛰다 보니, 두 포인트와 한 포인트를 교환하기에 이르렀고, 마침내, 치열한 접전이 시작됐다.

명명백백한 전력의 열세 속에서 영석은 그 어린 나이에 처절할 정도로 분투를 펼친 것이다.

'그래서 뭐. 나도 저렇게 해야 된다는 거야? 내가 그렇게 생각한다는 거야?'

2세트를 무력하게 내준 자신의 모습이 영석의 빛나는 모습과 대조되어 너무나 형편없게 느껴지자 진희가 발끈해서 스스로에게 욕을 해댄다.

배경은 다시 까맣게 물들었다.

"……."

어린아이의 모습을 한 영석이 어쩔 줄 모르는 표정으로 진희에게 다가온다.

한 걸음, 한 걸음 걸을 때마다 조금씩 자란 영석이 상의를 벗어재꼈다.

'으잉?!'

얼굴을 붉히기엔, 아직 앳된 티가 너무 많이 남은 영석인지라, 진희는 그냥 순수히(?) 놀랐다.

영석이 옷을 벗자 다시 배경이 꽉 찼다.

'사판… 이구나.'

진희는 풀썩 웃었다.

멍하니 바보처럼 웃으며 서 있던 영석이 배경이 생기자마자 급격하게 몸을 움직인다.

끽, 끼기긱!!

펑!! 펑!!

자신보다 한 뼘은 더 큰 사판을 상대로 영석은 경기가 끝날 때까지 단 한 포인트도 허투루 하지 않았다.

비록 졌지만 말이다.

"……"

경기가 끝나자 씁쓸한 표정으로 진희를 한번 스윽— 바라본 영석이 연기처럼 사라졌다.

왜 이 두 경기가 떠올랐을까.

답은 간단했다.

'내가 기억하는 최고의 경기니까.'

그 모습을 지켜본 것만으로 마음이 덜컹거렸고, 가치관이 바뀌었고, 인생의 흐름이 흔들렸다.

진희에게 영석의 패배는, 이토록 커다란 해일이었다.

'뭐, 열심히 하라는 거지, 결국.'

자신이 자신에게 보내는 메시지에 진희는 쓰게 웃었다.

그리고 눈을 떴다.

화아아악—

현실로 돌아오자마자 느낀 것은 단 하나.

뜨거운 공기다.

그 공기가 폐부에 가득 들어왔다.

덥고 두꺼운 공기가 이불처럼 몸을 감싸자, 진희는 한없는 투쟁심을 느꼈다.

"……"

비너스는 자신의 코트에 먼저 가서 온몸을 쭉쭉 늘리며 스트레칭을 하고 있었다.

그 모습을 바라보는 진희의 표정이 산뜻하다.

'이긴다.'

3세트.

QF의 승패가 달린 순간에 진희는 진득하게 온몸을 옭아매는 2세트의 기분 나쁜 질척임을 걷어냈다.

　　　　*　　　　　*　　　　　*

"큭!!"

3세트에도 여전히 비너스의 서브는 훌륭했다.

당연하지만, 진희가 마음을 산뜻하게 비웠다고 해서 비너스의 역량이 줄어드는 건 아니기 때문이다.

'후……'

숨 쉴 틈도 없이 짓쳐들어오는 공을 맞이하며, 진희는 모든 것을 머릿속에서 지웠다.

인터벌에 떠올렸었던 어린 날의 영석조차 지워 버렸다.

끼긱!!

펑!!

스텝이 다시 깔끔해진다.

하지만 깔끔해진 만큼, 긴장감이 조금 떨어지며 공에 뒤늦게 반응했다.

쉬익——

네트를 넘어가는 공이 2세트 때와 별반 다르지 않았다.

즉, 어중간했다. 진희는 공이 날아가는 순간, 재빨리 움직여 센터마크로 돌아왔다.

타다닥!!

비너스가 탄력적인 몸을 이끌고 공을 마중 나갔다.

또다시 찾아온 양자택일.

진희는 아무런 정보도 없이 예측하는 걸 그만뒀다. 센터마크에서 움직이지 않은 것이다.

펑!!

그 모습에 비너스가 인상을 찌푸리곤 재빨리 팔을 휘둘렀다.

'내가 먼저 선택을 하게 됐군.'

비너스가 짧게 생각하며 혀를 차던 도중 공은 터질 듯한 굉음을 내며 애드 코트로 짓쳐 들었다.

휘릭!! 타다다닥!!

"……!!"

진희가 스커트 자락을 휘날리며 소름 돋는 속도로 공을 쫓아갔다.

비너스가 움찔거리며 라켓을 휘두른 그 순간, 진희는 얻을 수 있는 모든 정보를 순식간에 얻어내 몸을 던진 것이다.

하지만……

'그래도 늦어.'

진희의 헛된 노력을 안쓰러워하며 비너스는 슬금슬금 서비스라인의 한가운데로 자리를 잡고 발리를 준비하고 있었다.

설사 넘겨도 확실히 마무리 짓겠다는 의지의 표명이다.

퉁—

쏜살처럼 지나가는 공에 팔을 길게 뻗은 진희는 간신히 라켓을 공에 대는 것에 성공했다.

그걸 뛰어가서 맞혔다는 것 자체가 신기에 가까웠지만, 넘기기에 급급한 그 순간, 역설적이게도 머리를 비운 진희의 몸은 하늘로부터 내려 받은 재능, '터치 감각'을 온전히 발휘했다. 진희의 신체가 한 선택은…….

'로브?'

초일류 선수만이 갖고 있을 수 있는, 경험으로 인한 육감 덕분일까.

비너스는 진희의 라켓이 공에 닿는 순간 재빠르게 백스텝을 밟았다.

쉬식, 쉭—

비너스가 애드 코트로 강하게 공을 쳤었기 때문에, 진희는 자연스럽게 백핸드로 공을 처리할 수밖에 없었고, 특성상 포핸드에 비해 역회전을 걸기가 훨씬 쉬운 자세에서 공을 처리할 수 있었다.

그리고 거기에 더해 진희의 터치 감각은 단순히 역회전을 거는 걸 넘어서, 그 찰나의 순간에 높이까지 조절하게끔 만들었다.

'어디까지… 올 거냐.'

끼긱, 끽.

백스텝을 계속해서 밟던 비너스는 힐끗 아래를 보았고, 곧 베이스라인을 지나칠 것을 깨달았다.

쉬릭― 쉬이익―

붕 떠서 날아오던 공은 서비스라인을 지나자 급격하게 고도를 낮추며 떨어지기 시작했다.

그리고⋯⋯.

퉁―

'쳇.'

공은 정확히 베이스라인에 떨어졌다.

그리고 스매시를 치기 쉬운 딱 좋은 높이로 바운드됐다.

'톱스핀이 아니니까⋯ 바운드는 어쩔 수 없어.'

진희는 깔끔하게 생각을 정리하고 비너스의 스매시를 기다렸다.

덜덜 떨리는 팔다리를 억누르려는 생각조차 하지 못하고, 오로지 모든 신경을 비너스에게 집중했다.

"끄아!!"

꽝!!

엄청난 기합과 함께, 비너스의 스매시가 작렬했다.

위치도 베이스라인이어서 그런지, 마치 서브를 때리는 것 같았다.

'이번엔 듀스 코트⋯ 간다!'

진희는 베이스라인에 선 비너스의 발이 가리키는 방향을 보고 그쪽으로 몸을 날렸다.

쉬익— 타다다다다닥!!

공이 내는 파공음과 진희의 스텝이 내는 소리가 얽혀 들어갔다.

끼긱!!

퉁!!

'앞으로 두세 걸음… 안 닿으려나?'

공의 낙하지점과 본인의 속력을 바탕으로 계산을 끝낸 진희가 스스로 내린 냉철한 결론을 곱씹었다.

으득—

이를 악문 진희는 그 자리에서 다리를 길게 찢었다.

끼이이익—

마치 자동차가 드리프트를 하듯, 시끄러운 마찰음이 코트를 가득 채웠다.

퉁!!

진희는 손목을 빳빳하게 세우더니, 수비형 탁구 선수처럼 손목을 이용해 강하게 공을 긁어댔다. 백핸드에 비해서 수준 높은 감각이 요구되니만큼, 진희도 상당히 심혈을 기울였다.

쉬릭—

역회전이 걸린 것은 앞선 로브와 마찬가지였지만, 이번엔 낮게 깔리는 슬라이스였다.

찢었던 다리를 하체 힘만으로 다시 일으켜 세운 진희가 네트로 대시했다.

공은 어느새 비너스 쪽으로 넘어가 땅에 바운드되기 일보

직전이었다.

쿵—

"……!!"

비너스의 안색이 순간 참혹하게 일그러졌다.

진희는 그런 비너스를 보고 빙긋 웃으며 얼굴 앞으로 자신의 라켓을 세웠다. 발리를 준비하는 것이다.

'대각선으로 공을 긁었지. 스핀이 묘할 거야.'

비너스는 자신의 몸통으로 휘어져 들어오는 공을 보더니 금세 안색을 바꾸곤 콧김을 뿜으며 몸에 힘을 줬다.

'잡스러운 스핀은… 압도적인 힘으로 눌러 버리면 그만!'

펑!!

네트에 근접한 진희를 향해 강하게 후려친 공에 관중들의 비명이 여기저기서 새어 나오려는 찰나, 진희는 허둥대지 않고 침착하게 라켓을 앞으로 대었다.

퉁— 휘익~!

공은 빈 공간을 향해 아무런 방해 없이 편안하게 날아갔다.

"우와아아아!!!"

짝짝짝!!

관중들은 긴박하게 펼쳐진 수준 높은 랠리에 엄청난 환호를 보냈고, 진희는 그 환호를 묻어버릴 정도로 크게 소리쳤다.

"컴온!!"

비너스를 잡아먹을 듯한 사나운 기색이다.

진희는 그렇게 반격의 신호탄을 쏘아 올렸다.

*　　　　　*　　　　　*

"이제 겨우 매치… 이것 참, 진흙탕 싸움이네요."

이재림이 뺨을 타고 흐르는 땀을 쓸어내며 중얼거렸다.

입 밖으로 새어 나올 뻔한 말을 다시 주워 담으며 혼자 머쓱해했다.

"……."

"……."

영석과 최영태는 답하지 않았다.

모두 리턴을 준비하고 있는 진희에게 집중한 탓이다.

집중한 건 이재림도 마찬가지였는지, 더 이상 군소리를 하지 않았다.

　　　*　　　　　*　　　　　*

3세트의 양상은 다음과 같았다.

비너스는 자신의 서브 게임을 놓치지 않았다.

압도적인 서브와, 강렬한 스트로크로 이어지는 전략은 일종의 '황금 전략'처럼 알고도 막을 수가 없었다.

진희 또한 서브 게임을 놓치지 않았다.

상대적으로 서브가 약했지만, 끝까지 물고 늘어져 자신의 서브 게임을 킵하고야 만 것이다.

진희의 입장에선 게임을 힘들게 따고, 쉽게 잃는 셈. 심리적으로 쫓기는 건 진희였다.

하지만 서로 세 게임씩 주고받은 경기 중반 무렵, 경기 양상은 바뀌었다.

팡!!

촤르륵—

네트를 못 넘은 비너스의 발리 실수.

"……."

"……."

실수를 한 비너스도, 비너스를 주시하고 있던 진희도 순간 얼어붙었다.

방금 실수한 이 포인트 하나가 갖는 의미가 얼마나 큰지 둘다 알고 있기 때문이다.

3세트에 접어들고 처음으로 비너스의 서브 게임을 진희가 브레이크했다는 의미도 있었지만, 포식자—사냥감이라는 역학 관계가 흔들리기 시작한 것이다.

"훅……."

이어지는 진희의 서브 게임.

작게는 하나의 게임이지만, 이 서브 게임은 경기의 행방을 판가름할 수 있는 것이었고, 더 나아가 진희 개인적으로는 인생의 갈림길처럼 다가왔다.

그리고…….

진희의 집중력은 끝없이 올라가기 시작했다.

삐이이이.

쿵, 쿵, 쿵······.

가장 먼저, 외부의 소리가 차단되었다.

들리는 건, 심장박동과 근육이 내는 소리들뿐.

시야에 걸리는 것들도 많이 축소되었다. 진희의 눈에 선명하게 보이는 건, 코트와 비너스뿐이었다. 부심, 심판, 관중들, 영석이까지··· 모두 보이지 않았다.

최종적으로는, 의식도 서서히 깎여 나갔다.

'쓸모가 있다, 쓸모없다' 등의 냉혹한 평가를 떠나, 광범위하게 퍼져 있던 진희의 의식 영역이 굉장히 미시적으로 변해가고 있는 것이었다.

'좋아.'

휘리릭, 펑!!!

자신의 상태에 만족한 진희가 경기를 두 게임 차로 벌리기 위한 회심의 서브를 시작했다.

하지만······.

'느리구나, 나······.'

바늘의 날카로움과 비견할 만한 의식 레벨을 보유한 지금의 진희는, 자신의 서브가 보이는 엉성한 위력에 크게 낙담했다.

아니나 다를까, 비너스의 표정에서 이전의 발리에서 실수한 자책은 찾아볼 수 없었다.

쾅!!

미력한 서브 탓일까, 비너스의 리턴이 상대적으로 굉장해 보였다.

'잡자.'

하지만 이상하게도 진희는 못 받을 것 같다는 생각은 전혀
들지 않았다.

*　　　*　　　*

"매치포인트."

심판이 나직하게 말하자, 진희는 땀을 닦으며 하늘을 한번
바라봤다.

'무지하게 덥구나.'

긴장은 되지 않았다.

힘들어서 덜덜 떨리던 다리는 어느새 얌전해졌다.

휙—

하늘에서 시선을 거두어 비너스를 바라보는 진희의 눈이 별
처럼 반짝였다.

'작아.'

실제로도 비너스는 진희 자신보다 작았지만, 진희의 심상에
서의 비너스의 크기가 줄어들었다.

휙휙—

베이스라인.

듀스 코트에 선 진희가 살짝 무릎을 굽히곤 양손으로 느슨
하게 잡은 라켓의 그립을 휙휙 회전시킨다.

통, 통…….

비너스는 전의에 불타는 눈으로 운명을 가를 공을 쏘아본다.

휙—

대접전의 클라이막스가 비너스의 토스로부터 시작됐다.

"흐어!"

꽝!!

쉬익—

'어?!'

쿵!!

자신이 반응할 틈도 없이 지나가 버린 공을 바라본 진희의 표정이 미묘하다.

"아웃!!"

부심이 크게 외쳤다.

아슬아슬하게 선 바깥쪽으로 떨어진 공에 많은 이들이 안타까움의 한숨, 아쉬움의 한숨을 내쉬었다.

"아, 심장 떨려……"

이재림이 조용히 중얼거렸다. 영석 또한 땀이 속눈썹에 맺혀 있음에도 눈 한 번 깜빡일 생각을 하지 않았다.

통, 통…….

다시 공을 튕기는 비너스의 얼굴은 침착해 보였다.

하지만 가늘게 경련하는 눈가를 숨길 수는 없었다.

휙—

눈가는 떨렸지만, 토스하는 동작에서 한 치의 망설임이나 떨림은 없었다.

쌓아 올린 습관은 본능을 지배한다는 것을 여실히 보여주는 것이다.

휘리릭— 팡!!!

매치포인트, 세컨드 서브.

절벽 끝에 몰린 비너스의 선택은 톱스핀 서브였다.

쿵, 휙—

공이 휘어져 들어가 와이드에 찍히고 바깥쪽으로 빠져나가려 했다.

끽! 탁!

쉬익— 펑!!!

세컨드 서브라 다소 여유가 있었던 진희가 가볍게 발을 놀리고 힘차게 라켓을 스윙했다.

특유의 간결한 느낌보다, 강하게 리턴하는 것을 우선한 것이다.

'스트레이트!'

진희는 오픈 스페이스로 공을 보내고는, 서비스라인까지 달려 나왔다. 그리고 슬금슬금 네트로 나아갔다.

섬뜩한 안광을 흩뿌리며 공을 쫓아가는 비너스의 박력이 진희를 숨 막히게 한다.

"……"

쿵, 쿵…….

비너스가 달려가는 과정 하나하나에 진희의 심장이 발맞춰

박동한다.

그리고…….

움찔!쾅!!!

쉬익—

비너스가 거칠게 어깨를 들썩였고, 창졸간에 스윙이 끝나 있었다.

"……!!"

오늘 경기 중 가장 큰 타구음에 놀랄 법도 하지만 진희는 침착했다. 아니, 침착하려 애썼다.

마음이 가라앉고, 공의 궤도가 예측이 됐다.

'저기로 가자'는 생각을 하기도 전에 몸이 움직이고 있었다.

끽!

많은 스텝도 필요 없었다. 한 걸음. 단지 한 걸음을 옮겼을 뿐이다.

그리고 얼굴 높이로 올렸던 라켓을 그냥 앞으로 살짝 밀듯 툭— 대었다.

팡!!

툭, 툭…….

마치 공이 알아서 진희의 라켓으로 돌진한 느낌이었다.

야구의 외야수가 편안하게 플라이 볼을 잡는 것처럼 말이다.

어마어마한 스핀과 섬뜩한 속도로 짓쳐 들었던 위맹(威猛)한 공은 진희의 라켓과 만나고서야 품고 있던 모든 것들을 내려놓을 수 있었다.

"……."

"……."

몇 번 퉁기다가 바닥을 흘러가는 공을 바라보는 진희의 기색이 아연하다.

머릿속이 멍해지면서 아뜩한 기분이 든 진희는 제자리에서 가볍게 휘청거렸다.

"와아아아아아아!!!"

"삐익!!!"

쏟아지는 환호성과 갈채의 틈바구니 속에서 심판의 선언이 멀리서부터 천천히 들려온다.

"게임 셋 매치 원……."

『그랜드슬램』 6권에 계속…

·· 부록 ··

1. 브라이언 형제

  마이클 칼 브라이언(마이크)과 로버트 찰스 브라이언(밥)은 미국의 프로 테니스 선수들입니다. 쌍둥이 형제인 두 사람은 함께 복식 팀을 이뤄 2003년 처음으로 세계 남자 복식 랭킹 1위에 오른 이래 현재까지 수년간 세계 랭킹 3위권 이내 수준의 뛰어난 성적을 유지해 왔으며, 약간의 랭킹 변동은 있었으나 약 수백 주 이상 랭킹 1위를 기록했습니다.

  2005년부터 2006년까지는 그랜드슬램 남자 복식 결승에 7회 연속으로 진출하여(그중 3번 우승) 오픈 시대 이래 최다 그랜드슬램 복식 결승 진출 기록을 세웠습니다.

  1978년 4월 29일에 함께 태어난 두 사람은, 마이크 브라이언이 밥 브라이언보다 2분 일찍 태어났으며, 밥이 형보다 3㎝ 더 큽니다.

두 사람은 함께 복식 팀으로 활동하면서 2010년 호주 오픈 복식 우승까지 총 57회의 복식 대회 우승을 기록했습니다.

이 우승 기록에는 호주 오픈 4회(2006, 2007, 2009, 2010), 프랑스 오픈 1회(2003), 윔블던 1회(2006), US 오픈 2회(2005, 2008)도 포함되어 있다. 또한 마스터스 컵 복식에서도 3회(2003, 2004, 2009) 우승했으며 그 외에도 총 38회의 준우승도 기록했습니다. 2008년 베이징 올림픽 테니스 남자 복식에서 동메달을 땄으며, 2007년에는 앤디 로딕, 제임스 블레이크와 함께 데이비스 컵 미국 대표 선수로 출전하여 팀의 우승에 기여하기도 했습니다.

브라이언 형제는 지금까지 데이비스 컵의 미국 대표 선수로 수년간 참가해 오면서 복식에서 15승 2패의 뛰어난 성적을 기록하고 있습니다. 이중 2패는 2005년 크로아티아의 이반 류비치치와 마리오 안치치 팀, 그리고 2008년 프랑스의 아르노 클레망과 미카엘 로드라 팀에 당한 것입니다. 두 형제는 데이비스 컵 단식 경기에도 출전했습니다.

한 명은 오른손잡이, 한 명은 왼손잡이로 아주 이상적인 조건을 갖고 있는 이 두 명 모두 한 손 백핸드를 구사합니다. 그리고 매우 공격적인 경기 스타일로 잘 알려져 있습니다.

이들은 K-Swiss로부터 의상 및 신발을 협찬받고 있으며, 라켓은 프린스로부터 협찬받고 있습니다. 사용하는 라켓 모델의 프린스 'Exo3 Ignite Team 95'이며, 각자의 취향에 맞게 주문 제작으로 변형된 버전의 제품을 사용합니다.

*자료의 상당 부분은 위키피디아를 참조하였습니다

GRAND SLAM
그랜드슬램

GAME
BALL

게임볼 설경구 장편소설
FUSION FANTASTIC STORY

무명의 야구인이었던 남자,
우진이 펼치는 야구 감독으로서의 화려한 일대기!

『게임볼』

"이 멤버로 우승을 시키라고?"

가상 야구 게임,
게임볼을 통해 인생 역전을 꿈꾸는

한 남자의 뜨거운 행보에 주목하라!

Book Publishing CHUNGEORAM

투신
강태산

박선우 장편소설
FUSION FANTASTIC STORY

무림을 휩쓸던 '야차(夜叉)'가 돌아왔다.

『투신 강태산』

여행사 다니는 따뜻한 하숙생 오빠이자
국가위기 특수대응팀 '청룡'의 수장.
그리고 종합격투기계를 휩쓸어 버린 절대강자.
전 세계를 무대로 펼쳐지는 투신 강태산의 현대 종횡기!

"나는, 나와 대한민국의 적을, 철저하게 부숴 버릴 것이다."

서러웠던 대한민국은 잊어라!
국민을 사랑하는 대통령과 절대강자 투신이 만들어 나가는
새로운 대한민국이 펼쳐진다!!

FUSION
FANTASTIC
STORY

Miracle
Direction
서산화 장편소설

기적의 연출

천재 영화감독, 스크린 속 세상을 창조하다!

『기적의 연출』

대문호 신명일과 미모로 손꼽히던 여배우 김희수의 아들 신지호.

일가족은 불운한 사고로 인해 크나큰 비극을 겪는다.

이 사고로 섬광 기억(Flashbulb memory)이라는 능력을 얻게 된 그 순간!

그의 모든 게 달라졌다.

"배우의 혼을 이끌어내고, 관중의 영혼을 붙잡아야 합니다.

그게 제 목표입니다."

완전한 감독을 꿈꾸는 신지호.
이제 그의 영화가, 세상을 홀린다!

Book Publishing CHUNGEORAM

유행이 아닌 자유추구 -
WWW.chungeoram.com